OS PIORES CONTOS DE HORROR

FERNANDO MANTELLI

OS PIORES CONTOS DE HORROR

Editor: Artur Vecchi
Diagramação: Luiz Gustavo
Ilustração de capa: e internas: Fernando Mantelli
Design de Capa: Luiz Gustavo
Revisão: Camila Villalba

1ª edição, 2025
Impresso no Brasil/ Printed in Brazil

Dados Internacionais de catalogação na Publicação (CIP)
(Câmara Brasileira do Livro, SP, Brasil)

M 292

Mantelli, Fernando
Os piores contos de horror / Fernando Mantelli. — Porto Alegre : Avec, 2025.

ISBN 978-85-5447-317-4

1. Contos brasileiros
I. Título

CDD 869.93

Índice para catálogo sistemático: 1. Contos: Literatura brasileira 869.93
Ficha catalográfica elaborada por Ana Lúcia Merege — 4667/CRB7

AVEC EDITORA

Caixa Postal 7501
CEP 90430-970 — Porto Alegre — RS
contato@aveceditora.com.br
www.aveceditora.com.br
@aveceditora

OS PIORES CONTOS DE HORROR

FERNANDO MANTELLI

SUMÁRIO

PREFÁCIO

"Deixai toda esperança, oh vós que aqui entrais": o alerta para aqueles que entram no Inferno da "Divina Comédia", de Dante Alighieri, também serve de aviso para quem se atrever a ler "Os piores contos de horror" de Fernando Mantelli. Como toda boa obra do gênero, é um livro que lida com aquilo que temos de mais subterrâneo e de mais asqueroso, os segredos que moram no fundo de nossos medos mais inconfessados e delirantes. Em uma época na qual se pretende domesticar o medo e até mesmo pasteurizá-lo, em uma tentativa de deixá-lo mais dócil, mais fofinho, Fernando Mantelli tem o mérito de colocar o dedo direto na ferida e escarafunchá-la até que saia sangue misturado com pus, para usar uma imagem bem condizente com a sua obra. Não esperem histórias simplistas, com conclusões esperançosas, mas mergulhem naquilo que existe de mais terrível no fundo do inconsciente coletivo da humanidade.

O leitor atento deve ter visto o título e se perguntado o óbvio: os piores contos são no sentido de serem ruins ou assustadores? Sem nenhum spoiler, posso garantir que é o segundo caso. No entanto, o leitor deveria ficar preocupado mesmo é com o uso da palavra "horror" ao invés de "terror", como seria de se esperar. A diferença entre ambas é sutil, mas decisiva: o terror explora a tensão, a antecipação do que vai acontecer, o suspense. Em uma narrativa de terror, o leitor imagina o que está atrás da porta, e as profundidades insondáveis da sua própria imaginação o angustiam. Por sua vez, o horror lida com a manifestação do medo, com aquilo é visto e a cuja existência precisamos sobreviver. Em uma narrativa de horror, o leitor abre a porta e agora precisa lidar com aquilo que está atrás dela, enquanto o medo passa a ser seu soberano. Nos contos de Fernando Mantelli, não temos nenhuma concessão, nenhum espaço para respirar livremente; somos levados a um caleidoscópio espiralado de horrores que não cansam de nos mostrar o quanto somos pequenos diante do medo.

Em "Seis propostas para o próximo milênio", Italo Calvino fala que um dos valores importantes para a arte é a velocidade, isto é, a capacidade de dar movimento ao ato artístico, fazer com que ele não pareça estático, mas sim algo repleto de vida. A velocidade vertiginosa dos textos de Fernando Mantelli impede o leitor de se deter em alguma história ou de afastar o livro, obrigando-o a continuar lendo, em um estado de enlevo — talvez pasmo com o que acabou de ler, ou, quem sabe, pasmo por aquilo que ainda pode acontecer. É um fascínio que só podemos identificar nas obras dos grandes mestres do gênero. Nunca pararam para se perguntar por que lemos livros de horror ou assistimos a filmes terríveis, de gelar o sangue? A resposta é simples: porque gostamos desse lado oculto da nossa personalidade. Confessem para si mesmos. Nós gostamos do mal; flertamos com ele, levamos o mal para jantar, queremos conhecê-lo melhor, encarar o abismo profundo que mora na sua falta de alma. Não demais, claro: parafraseando Marco Antônio em "Julio Cesar", de Shakespeare, "só temos gente boa aqui!". Não duvido que você, leitor ou leitora, seja uma ótima pessoa que está só estudando as várias possibilidades de medo, não um aprendiz sequioso para devassá-lo. No entanto, é da natureza humana esse desejo de mergulhar no medo e ver todas as possibilidades que se escondem no seu interior — quem sabe não acabamos encontrando nele a nossa verdadeira essência? Viver é uma soma incessante de pequenos e grandes horrores.

"O medo é tão saudável para o espírito quanto um banho para um corpo", disse Máximo Gorki. Então, prepare-se para mergulhar nesse oceano sanguinolento e tente manter a sanidade intacta. Não se preocupem: Fernando Mantelli é um condutor melhor do que Virgílio.

Gustavo Melo Czekster

Gustavo Melo Czekster é escritor e doutor em Escrita Criativa.

Ryley del.^t White sculp.^t

Parte I

Feitiços, Criaturas e Assombrações

O TRABALHO

para Marcello Lima
que colaborou.

Ana e Raul se conheceram num churrasco, na casa de uma amiga em comum, trocaram telefones e Raul convidou Ana para sair. O que aconteceu depois, foi que eles se apaixonaram e se casaram em uma linda cerimônia na igreja Santa Teresinha. Sem dúvida, formavam um lindo casal. Estavam tão felizes que decidiram ter um filho, então, o pequeno Samuel veio.

O choro do bebê explode violento na babá eletrônica. Ana levanta da cama e sai em direção ao quarto do filho. Fala carinhosamente, tenta acalmá-lo, mas o pequeno Samuel chora incessante. "Estranho, ele não é de chorar", pensa a mãe. Raul, cobre a cabeça com o travesseiro, mas escuta tudo pelo aparelho e também pela porta aberta.

— Raul! Vem me ajudar aqui!

Ele levanta resignado e vai até o quarto ao lado. No colo da mãe, o bebê está aos berros. O pai chega e fala suavemente com o pequeno Samuel.

— Que foi, meu amor?

— Pega ele.

A mãe entrega o bebê ao pai. Ao apanhar a criança no colo, Raul nota algo estranho.

— Eu acho que ele tá cocô.

— Vamos trocar.

Levam a criança até o trocador. O pequeno Samuel não para de chorar. Ana tira a calça do bebê e abre a fralda. Há sangue, muito sangue. O casal se desespera.

— Meu Deus, Raul!

Naquele momento, na recepção da emergência do hospital Moinhos de Vento há a recepcionista atrás do balcão, uma senhora gorda descansando sentada em uma cadeira e a funcionária da limpeza passando um pano nas cadeiras de plástico.

O casal chega desesperado. A mãe traz no colo o bebê, que segue chorando sem parar. O pai vai até o balcão. Está nervoso, agitado.

— É meu filho. É uma emergência. Ele tá sangrando.

A mulher da limpeza, parda, velha e magra, para de esfregar o pano e passa a observar com uma estranha curiosidade aquela família que acaba de entrar, como se notasse que algo de diferente está acontecendo.

Com um ar de formalidade desdenhosa, a recepcionista pede a ele a carteirinha do convênio.

Raul aparenta indignação com a exigência da mulher, mas, mesmo assim, procura pelo documento, o retira de dentro da carteira e entrega à moça.

— Só um minuto que o médico já vem.

Ela então levanta-se e some por uma porta. Raul vai até onde estão Ana e o bebê. Ela também está chorando. Ele os abraça. Experimentam, simultaneamente, um desespero que ainda não conheciam.

A mulher da limpeza olha intrigada para eles — é um olhar que, mais do que pena, examina aquela família e, em especial, aquela criança.

Alheia a tudo, a senhora gorda cochila.

No consultório frio e escuro, o casal aguarda em silêncio, sentados nas cadeiras de aproximação diante da escrivaninha. É um daquele momentos que parece que o chão desapareceu dos seus pés. O médico chega, sério e acende a luz, inundando o ambiente de uma luz branca. Ele traz um prontuário nas mãos. Raul se levanta angustiado, mas o doutor faz um sinal para que se sente e ele obedece na mesma hora. Por sua vez, o médico senta-se em frente a eles, do outro lado da escrivaninha.

— O quadro do Samuel neste momento é estável. Nós conseguimos estancar o sangramento.

Ana solta um suspiro de alívio.

— Mas o que ele tem, doutor?

O médico hesita.

— Bem, não sabemos ainda. Temos que fazer novos exames.

— Mas como assim? — pergunta Raul.

— Os sintomas são inconclusivos, as origens do sangramento podem ser muitas.

O médico lê o prontuário. Então, olha com desconfiança para o casal.

— Algum problema em casa?

O casal se olha, atônito.

— Não, claro que não. Por quê? — pergunta Raul, faz questão que o médico esclareça o que está por trás da pergunta.

O médico não responde, apenas anota silencioso algo no prontuário. Então levanta o rosto e olha com uma expressão grave para o casal.

— É que em casos como esses, normalmente, os pais são investigados.

O casal se olha em meio a incredulidade. Estavam cegos e surdos, juntos e solitários, unidos por corpo e alma. E então, numa espécie de aviso sinistro, a chuva começa a bater na janela.

O pequeno Samuel dorme. Ana faz vigília ao lado do berço. Dá pena de ver aquela mãe sentada encolhida na cadeira. Ela cobre o rosto com uma das mãos e chora. Está desesperada. Não quer chorar, quer se manter forte, mas as lágrimas aparecem-lhe nos olhos. Chora porque seus nervos justamente precisam dessas lágrimas.

Enfim, enxuga o rosto com um lenço de papel e, aos poucos, procura se recompor. Em silêncio, ela sai do quarto, deixando a porta encostada. Entra no quarto de casal, senta na cama e, ansiosa, sacode o marido que está dormindo.

— Raul! Raul, acorda.

Ele desperta assustado.

— O quê? O bebê?

— Ele está sedado.

Eles se olham e há então um silêncio opressivo entre eles, enorme, desses silêncios absolutos que precedem grandes explosões.

—É que... sabe...

Ela hesita, tem vergonha do que está pensando.

— O que?

— Aquela suspeita que o médico levantou... Você... Você não faria?

Ele a interrompe.

— Não fala isso. Me assusta você pensar que eu pudesse fazer uma coisa dessas.

— Ah, desculpa, Raul...

Ela aproxima seu corpo, mas ele recua um pouco.

... eu estou desesperada.

Com sua expressão confirmando suas palavras, ela recomeça a chorar.

Indiferente, Raul deita-se na cama e olha fixo para o teto, os olhos não pestanejam, o rosto parece de pedra, duro, os lábios cerrados — não corre mais uma gota de sangue em suas artérias. Depois de um tempo nesta posição — que para ela pareceu sem fim — , ele move o braço e segura a mão de Ana. Ela reage deitando-se trêmula ao seu lado e o abraçando como uma menina abraça um cãozinho, os ombros sacudidos pelos soluços, chorando cada vez mais alto. Ele a abraça forte, mas segue com o olhar fixo no teto, robótico. Sua esposa chora e ele não sente nada, apenas, a cada soluço de angústia, desce mais um degrau no poço escuro.

Dois dias se passam e o bebê, sedado por orientações médias, praticamente só dorme. Não houve mais episódios de sangramento.

O casal prepara-se para dormir. Raul vai até o banheiro e Ana, sorrateira, pega o celular do marido e começa a investigar. Ele retorna, e ela, rapidamente, guarda o aparelho de volta no lugar.

Ela deita-se na cama, virada de costas para ele, que veste a camisa do pijama.

— Sabe, eu fico pensando umas coisas meio loucas.

Raul interrompe seu movimento e olha apreensivo para ela.

—Fico pensando... se isso não é praga de alguém.

— Como assim praga? Você agora acredita nessas coisas?

— Sim.

Súbito, o rosto de Ana se transforma, como que desfigurado pela cólera. Vira-se para ele, rancorosa:

— Praga daquela vagabunda!

— Pronto, começou.

— Não, quem começou foi você, seu nojento, que ficou com aquela louca. — Fala com violência, movida pelo despeito: — Aposto que ainda conversa com ela, troca recadinho.

E insiste, repisa o assunto:

— Mensagenzinha.

— Cala a boca! Você me irrita.

Ana olha para ele com raiva.

— Você é podre, Raul.

Neste instante, um som estranho vem da babá eletrônica, algo tipo uma golfada de líquido. Os dois saem apressados do quarto e vão até o quarto do bebê. O pequeno Samuel repousa em silêncio. Ana vai até o berço e põe a mão na testa da criança.

— Ele tá sempre suado.

Raul segura na mãozinha do bebê. O casal se olha e sorri um para o outro, num momento de cumplicidade.

— Ele tá tão paradinho.

Ana coloca uma mão sobre o peito do filho e, com a outra mão, passa um dedo junto ao narizinho. Súbito, ela assume uma expressão preocupada.

— Parece até que não tá respirando.

Quem fica preocupado agora é Raul, que pega bruscamente o bebê do berço, mas esse segue completamente imóvel.

Ele examina o filho bem de perto.

— Ele não tá respirando.

O pequeno Samuel teve que ser reanimado.

Chegando aos gritos na emergência, de pronto o casal é atendido. No corre-corre, uma enfermeira arranca a criança das mãos da mãe e atravessa correndo a porta de balanço — que tão rápido quanto se abre, se fecha diante de Ana. Só então ela compreende que tem que abandonar o filho, que não pode seguir junto com ele. Estende os braços mecanicamente e Raul a segura pela cintura, como se fosse uma boneca gigante. Ela abre a boca e parece que vai gritar, mas som algum sai da sua garganta. Uma enfermeira se aproxima e orienta o casal para que aguarde numa sala de espera no meio do corredor.

A impressão que Ana tem é de um despedaçamento absoluto. Olha para Raul: nunca o aspecto do marido foi tão miserável. Percebe que ele sofre. Por algum motivo ela gosta disso.

O casal chega na silente e sufocante sala de espera. Raul se joga no fofo sofá de imitação de couro, mas Ana fica em pé, inquieta, três passos para cada lado. No rosto uma expressão de martírio. Não quer conversar, é como se toda palavra fosse demais, ou inútil. Mas depois de alguns minutos, o próprio silêncio volta a aumentar sua angústia. Então ela vê a mulher da limpeza no corredor sombrio, na entrada da sala, lavando incansável o chão de lajotas com um esfregão. Ana já tinha reparado nela, mas agora a olha com mais calma e curiosidade. Tem a pele escura e o rosto enrugado, cheio de sulcos. É muito mais velha do que Ana lembrava. "Deve ter uns 70 anos ou mais", calcula. Naturalmente ela poderia considerar aquela mulher como apenas uma funcionária do hospital fazendo seu trabalho, mas a velha surge como um espectro para Ana, tem qualquer coisa de aparição.

Segue o silêncio e aquela espera intolerável, uma coisa que aos poucos a alucina, a põe fora de si. Suspira numa tensão nervosa que faz com que a mulher da limpeza pare o que está fazendo e olhe para ela. E há algo de diferente naquele olhar, algo profundo, como se guardasse algum segredo. Levemente incomodada, Ana vira o rosto e passa a observar Raul, sentado no sofá de olhos fechados. "Será que dorme?" Então sente um vazio por dentro, um vácuo. Deseja a morte, o esquecimento. "Se o pequeno Samuel morrer, eu me mato", decide e seu corpo inteiro soluça com pesar. Sempre atenta a ela, a misteriosa mulher da limpeza então se aproxima devagar.

— Madame, a senhora me desculpa eu estar me metendo, mas eu tenho visto vocês por aqui, tenho visto os problemas que vocês estão passando com o bebê.

Ana olha para a velha com uma serenidade quase sinistra. Raul abre os olhos, como se despertasse de um sonho agitado. A mulher prossegue com uma voz tranquila:

— E por tudo que eu já vi, eu acredito que fizeram um trabalho pra vocês.

— Como? — responde Ana, tentando absorver as palavras da mulher.

— Magia negra.

Raul, que observa a cena quieto, levanta-se indignado num salto do sofá.

— O que a senhora está dizendo? — pergunta com hostilidade para a idosa.

Imediatamente Ana o interrompe. Fala com uma fúria súbita:

— Cala a boca, Raul!

Como que atingido por um tiro, Raul para e cai sentado de volta no sofá, enterrado em sua angústia. Entende na mesma hora que vai ter que concordar com tudo.

Ana em seguida lança um olhar implorante para a mulher a sua frente.

— Por que tu não experimenta levar ele no terreiro, minha filha?

Ana não tem resposta para aquela pergunta.

— Eu conheço um lugar que tem um babalorixá muito bom, muito poderoso. Eu acho que ele pode ajudar vocês.

Ana pensa em falar algo, mas outra vez as palavras ficam presas na sua garganta.

— Toma!

A velha entrega um pequeno papel para Ana, que apanha e aproxima do rosto para ler.

— É o endereço do terreiro, pede pra falar com o Pai Laci. Ele é um homem muito bondoso. Diz que foi a Madre Maria quem mandou vocês.

Então lhe vem a decisão nascida no desespero.

São dois dias de horror na emergência pediátrica. Até que o pequeno Samuel melhora e tem alta.

No saguão do hospital, enquanto aguardam um carro, Ana é taxativa:

— Vamos levar o nenê no terreiro aquele.

Fala sem se exaltar, numa impassibilidade perigosa. Raul percebe que só resta obedecer a esposa. Desde que falou com a tal de Madre Maria, Ana desenvolveu uma verdadeira obsessão pela consulta com o pai-de-santo. Como se estivesse lá a grande esperança de salvação.

Vão direto até o endereço anotado no pedaço de papel, uma casa simples de madeira no coração da vila Bom Jesus. Raul duvida que seja ali. Com o bebê no colo, Ana bate na porta.

Uma mocinha negra de olhos grandes abre a porta e encara Ana, que fica muda, sem saber o que dizer.

— A Madre Maria nos mandou, — diz, afinal.

— O Pai Laci já vai recebê-los, — responde a mocinha, abrindo passagem para a família.

Eles entram e ficam parados diante da porta. É uma sala não muito grande e pouco iluminada. No centro há um banco de madeira vermelho, mais ao lado, uma porta e algumas cadeiras encostadas na parede e, ao fundo, uma espécie de altar, todo iluminado por velas, com muitas estatuetas de santos e entidades e, principalmente, da virgem Maria, além de muitas flores e crucifixos.

Vestindo um kafta branco, o pai do terreiro entra pela porta lateral. É um homem alto, negro de pele clara e barba grisalha.

— Estava esperando por vocês, — diz o Pai Laci, com uma voz calma e imponente. — Sentem-se, sentem-se, por favor, — indica a eles o banco vermelho colocado no centro do terreiro.

O casal vai até o banco e senta, o pai-de-santo puxa uma cadeira e senta de frente para a família. Há um silêncio, "mais uma vez esse silêncio", pensa Ana com horror. Mas quer se manter esperançosa, acredita com todas as suas forças na santidade daquele homem.

Calmamente, o sacerdote coloca a mão na testa da criança e fecha os olhos, concentrado, como se quisesse ler a pequena mente do bebê. De chofre, uma expressão de medo surge rápida no rosto do babalorixá, e ele retira a mão da testa febril como quem toca em algo sujo.

— Fizeram um trabalho pra essa criança, — diz, ainda assombrado. — Mas é um trabalho muito forte.

O homem fala com temor, parece se referir a algo poderoso e sombrio.

— Quem fez? Que trabalho? — pergunta Ana, confusa, contagiada pela aflição.

O pai-do-terreiro fala com cautela:

— Não sei quem fez. Provavelmente algum inimigo.

O casal se olha rápido, Raul baixa os olhos.

— Tem que fazer uma cerimônia pra tentar reverter esse feitiço, — diz o pai-de-santo, com o vozeirão que ecoa no terreiro. Ele olha com preocupação para o pequeno Samuel: — E digo mais, tem que ser feito hoje, essa criança pode morrer.

— Não pode, não pode, — grita Ana, numa inconformidade dolorosa.

Um vento súbito sopra não se sabe de onde e apaga todas as velas do ambiente. E então eles sentem, distintamente, alguma coisa passar por eles, um sopro, um hálito, como se aquela força maligna tivesse acabado de entrar ali e desafiasse a todos.

Intrigado, ou mesmo até assustado, o pai-do-terreiro olha para os lados.

— Por favor nos ajude! — suplica Ana.

Há um silêncio sepulcral no ambiente.

— Eu não sei se é vudu ou magia negra, — diz o sacerdote quebrando o silêncio. — ... mas não é coisa do bem não.

Ana torce as mãos, numa angústia de dar dó.

A cerimônia foi uma sangrenta e maravilhosa noite alucinante.

Um círculo de fogo está armado no meio do terreiro. Ana e Raul estão sentados dentro do círculo, assim como o pequeno Samuel, que está deitado bem no centro. No entorno, dezenas de mulheres dançam vestidas com achós coloridos ao som do atabaque, que está sendo tocado de algum lugar de dentro da sala, que, exatamente por não ser lá muito grande, está lotada de gente. A voz grave do tamboreiro puxa a letra do cântico e as mulheres repetem em coro.

O babalorixá também está dentro do círculo e, as mãos para o alto, reza sabe-se lá para quem e em qual idioma.

Ana está muito pálida, sente as próprias mãos frias, extremamente frias. Ao seu lado, Raul observa a tudo paralisado, os olhos secos, os lábios apertados.

Então, em meio às danças, à música e ao canto do alabê, um homem alto, vestido um kafta vermelho com um pano cobrindo a cabeça, traz um bode preto puxando por uma corda amarrada no pescoço do bicho. O grande olho negro do animal, escuro feito um poço, lança um olhar desesperado para Raul que o faz estremecer.

Um outro sujeito, também de vermelho e também com um pano cobrindo a cabeça, se aproxima e entrega ao Pai Jaci uma faca grande e pontuda — a lâmina brilha na luz das chamas.

O pai-de-santo então entoa algumas rezas finais e crava a faca no pescoço do bode. O animal berra, os homens o seguram, pois se contorce todo. Há uma gritaria generalizada no ambiente. A facada atinge Raul até os ossos. Seu desejo é pegar o filho no colo, a mulher pelo braço e ir embora dali, mas não move um músculo. O sangue jorra feito uma torneira do pescoço rasgado do bode. O pai-de-santo o segura por um chifre e posiciona o animal de modo que a seiva encarnada caia sobre o bebê.

O pequeno Samuel é banhado em sangue. Há um momento em que o babalorixá levanta apressado sua cabecinha, pois já está bebendo sangue de bode e, inclusive, se engasgando.

Quando o bebê fica empapado no sumo denso e vermelho, o bode, já morto, é retirado do local, e Pai Jaci apanha a criança em meio à espantosa poça pastosa. O homem, que faz suas rezas numa língua africana, coloca o pequeno Samuel na palma da sua mão, e o levanta sobre sua cabeça.

E ele canta e dança com aquele bebê ensanguentado lá no alto. E as pessoas cantam e gritam e dançam em êxtase.

Todos aqueles gritos e todo aquele sangue fazem o medo e a angústia invadirem o fundo da alma de Raul, sente-se como se estivesse perdido no próprio inferno. Ele assiste a tudo com aparente indiferença e apatia, mas no fundo está passivo em seu horror. Em compensação, para Ana é como se ela entrasse numa espécie de delírio alucinante cheio de visões extravagantes e arrebatadoras: animais e fetos humanos apodrecidos, bestas ensanguentadas ao redor, ecos de gritos de desespero por toda parte, um coração bombeia sangue escuro, o fogo negro queima tudo.

No outro dia, o pequeno Samuel melhora. Na verdade, ele fica bom. Fazem todo tipo de exames e não há nada de errado com o bebê, está com a saúde perfeita.

É uma espécie de milagre o que acontece, uma dessas coisas que não tem uma explicação que não seja relacionada ao misticismo. Então o casal volta a se aproximar, reencontra um amor que estava enfraquecido, quase perdido. O rancor se esvai e todas as mágoas são perdoadas. Eles ficam tão felizes que até compram um cachorrinho.

Quando chega a primavera o pequeno Samuel já está dando seus primeiros passos. E que coisa mais bonitinha é ele brincando com Tobi, o filhote. Se dão tão bem, bebê e cãozinho.

É um dia ensolarado e de temperatura amena. A família costuma frequentar a praça, Ana estende uma tolha florida no chão e ficam horas ali deitados — ela, Raul, o pequeno Samuel e Tobi. E eles riem, brincam, tiram fotografias e respiram o ar puro, deitados uns sobre os outros. Não há qualquer sinal de angústia, ao contrário, vivem um daqueles momentos de plenitude que chamamos de felicidade.

Então, uma coisa estranha acontece. O pequeno Samuel caminha pelo gramado com seu passinho incerto, cercado por Tobi que, veloz que só ele, rodopia em volta do nenê, que se afasta audacioso, rindo com os saltos frenéticos do cachorro. Raul e Ana acompanham deslumbrados a cena, deitados na toalha florida sob a sombra das árvores. A cena fofa e cômica ao mesmo tempo, pois o cãozinho traz uma alegria incontida e é impossível em seus movimentos. Súbito, sem mais nem menos, o pequeno Samuel desaba feito um boneco de pano. Tobi percebe primeiro, lambe nervoso o rosto inerte do bebê junto ao gramado. Correm pai e mãe mas é tarde demais. O pequeno Samuel não tem tempo de nada, nem de sofrer. Cai morto sem um gemido.

Agarrada no corpinho sem vida do filho, Ana rompe num pranto, num desses prantos selvagens, incontroláveis, que não admitem consolo e podem levar à loucura. Tanto que, depois, quiseram arrastá-la e ela se debateu sobre o corpo do filho e não teve jeito de tirá-la de cima dele.

O velório do pequeno Samuel é uma das cerimônias mais tristes já vistas no cemitério São Miguel e Almas, nem os mais antigos lembram de algo tão terrível. A mãe desmaia duas vezes sobre o caixãozinho branco. O pai é um trapo, um farrapo humano.

Nada é mais triste que um lar em luto por uma criança. Depois do enterro, Ana, muito serena, separa melancolicamente as coisas do bebê, para doar para caridade. As roupinhas e brinquedos todos quase novos, pouco usados. Mas cada coisinha daquelas, uma lembrança.

Tão envolvida na recordação, não percebe que deixou a porta aberta. Tobi coloca o focinho para dentro, vê sua dona distraída, com o olhar perdido, então aproveita e entra no quarto. Vai até o berço, que está com a guarda abaixada, e sobe nele, fareja a cama onde dormia seu amiguinho — o colchão parece guardar, ainda, as formas da criança morta. Demonstra saudade e tristeza soltando pequenos guinchos que lembram o choro humano. Porém, quando o cãozinho se aproxima do travesseiro que o pequeno Samuel dormia, ele muda seu comportamento, e o fino ganido dá lugar a um pequeno rosnado. Tobi então abocanha o travesseiro com raiva e começa a balançar a cabeça desvairado, na intenção de destruir o objeto. Pequenos blocos de espuma começam a voar pelo quarto.

— Tobi! Solta isso! — grita Ana, correndo em direção ao cachorro.

O animal pula do berço e foge com o travesseiro entre os dentes. Persiste com as mordidas e sacode o objeto com fúria — mais espuma salta lá de dentro. Então, Ana percebe um objeto escuro saindo de dentro do travesseiro do bebê, junto aos blocos de espuma branca.

Tomada por uma perturbação, ela se aproxima do objeto, que também desperta a curiosidade e desconfiança de Tobi: é um boneco de vudu — alfinete preto cravado no coração e o cachinho de cabelo do pequeno Samuel preso a ele.

O DESAPARECIMENTO DE FLORENCE

— Sim, eu estava na cama quando Florence me ligou, conforme falei pra tua colega no outro depoimento.

Ela deu uma olhada rápida para o papel em suas mãos e o largou de lado sobre a mesa.

— Eu sei. Mas eu quero que nos conte tudo de novo. Em todos os detalhes — disse.

A inspetora era uma mulher de trinta poucos anos, magra e enérgica, os cabelos escuros e curtos. Sua colega era mais jovem e bastante atraente, os braços cobertos com tatuagens.

— Quando foi a última vez que você viu sua irmã?

— Três dias antes dela sumir. Houve um churrasco no seu apartamento.

— E aconteceu alguma coisa de anormal nesse churrasco?

— Sim, aconteceu. Uma coisa pra lá de estranha.

Então eu contei a história toda para as policiais:

Florence é minha irmã mais nova. Sempre moramos perto um do outro. Ela havia instalado a Alexa para controlar as luzes do apartamento, o som e a tevê com comandos de voz. Daí organizou esse churrasco para se exibir e mostrar o dispositivo para mim e alguns amigos.

Num determinado momento, um engraçadinho lá, na intenção de provocar o aparelho, disse: "Alexa, como faço um ritual para invocar o demônio?"

Alexa respondeu de imediato: "Iniciando modo ritual".

As luzes ficaram vermelhas e vozes sinistras começaram a recitar algo em um idioma misterioso. No visor do aparelho aparecia uma sequência de símbolos que ninguém conhecia.

A coisa começou a ficar assustadora. Florence tentou cancelar: "Alexa encerrar ritual". A máquina respondeu, sobrepondo às vozes: "Ritual não pode ser interrompido".

Florence dava comandos e nada funcionava. Súbito, todas as lâmpadas do apartamento estouraram. Foi um pavor generalizado. Então desliguei o aparelho da tomada.

Três dias depois, Florence me ligou sobressaltada. Após uma certa hesitação, me relatou sobre os estranhos fenômenos que estavam acontecendo em sua residência.

Um dia depois do tal churrasco, ela acordou por volta das três horas da manhã com um som abafado vindo da sala. Pensou que fosse a televisão, mas quando foi verificar percebeu que Alexa estava conversando com alguém. Ela dizia frases curtas, pausadas: "Sim, estou ouvindo"; "Não, não agora"; "Você sabe que ela vai perceber".

Ficou paralisada na porta, sem saber o que fazer. Quando enfim se aproximou, a tela da Alexa se apagou. Florence então perguntou: "Alexa, com quem você estava falando?"

Ela respondeu: "Com quem está dentro da casa".

Florence ficou arrepiada, mas não havia ninguém.

Na manhã seguinte, ela conferiu o histórico da madrugada.

3:02 alguém dizendo: "Alexa, ouça com atenção".

3:03: "Está pronta?"

3:04: "Vou entrar".

O mais perturbador era a voz registrada no aplicativo, uma medonha voz rouca e masculina.

Naquela noite, Florence ativou um recurso no dispositivo: "Modo sentinela noturno ativado para vigilância de sons e movimentos suspeitos".

Despertou de madrugada com Alexa emitindo um alerta: "Entidade observando da cozinha".

Tremendo de medo, ela decidiu ir até lá gravando com a câmera do celular.

Não havia nada.

Porém, ao revisar o vídeo, Florence viu no reflexo da janela um vulto escuro com o rosto borrado parado atrás dela.

No outro dia, recebeu uma notificação da Alexa no celular: "Sua nova lista foi atualizada". Florence estranhou, pois não tinha criado lista alguma.

Ao abrir, Alexa leu:

"• Ver você dormindo.
• Caminhar pelo corredor.
• Observar você no banho.
• Aguardar você ficar sozinha".

Perguntou para Alexa: "Quem criou essa lista?"

A resposta foi: "Usuário desconhecido criou a lista".

Perturbada, Florence apagou a lista, mas, horas depois, uma nova apareceu, desta vez com um único item escrito:

"• Hoje".

Florence estava assustada. Tinha medo de que algo de ruim fosse acontecer naquela noite. Falei para ela que podia me chamar a qualquer hora. Um pouco antes das duas da madrugada, ela ligou algo de ruim fosse acontecer naquela noite. Falei para ela que podia me chamar a qualquer hora. Um pouco antes das duas da madrugada, ela ligou.

Havia recém recebido outro alerta: "Intruso detectado na porta da frente".

Ficou deitada escutando. Então, a voz rouca e masculina disse no aparelho: "Alexa, destrancar porta da frente". E Alexa respondeu: "Porta da frente destrancada".

Florence ficou petrificada debaixo das cobertas. Escutou passos lentos na sala. "Movimento detectado na porta do quarto".

Não sabia o que fazer, então discou meu número. Coloquei um casaco, peguei um porrete que guardo para essas ocasiões e saí de casa.

"Não desliga, fica comigo, mano", ela implorou. Só que, quando entrei no elevador, a ligação caiu. No caminho, fiquei tentando ligar de volta, mas a chamada não completava.

Não levou nem cinco minutos, quando cheguei ao prédio, apertei o interfone e o portão se abriu na mesma hora. Subi pelo elevador. Chegando no seu andar, encontrei a porta do apartamento aberta.

As câmeras de segurança do prédio não registraram Florence saindo do seu apartamento. No entanto, ela não estava lá. E nem em lugar nenhum.

As policiais me disseram que, naquela madrugada, câmeras de segurança da rua captaram uma figura escura parada imóvel na frente do prédio de Florence por quase quatro horas. O rosto estava borrado, irreconhecível.

A VAMPIRA

Faster pussycat! Kill, kill!

É noite. Cristiano entra na venda do Compadre Valdir, passa a tranca na porta e pede cachaça. Ele está suado, pálido e apressado. O Compadre estranha o comportamento do jovem.

— Que houve, vivente, parece que viste um fantasma! Abre essa porta, algum freguês pode aparecer.

Cristiano não deixa ele abrir, é perigoso. Mas perigoso por que, oh bagual! Bagual é a veia. Que lhe desse essa porra dessa pinga de uma vez que ele explicava tudo ao gaudério. O Compadre pegou a garrafa sob o balcão e serviu a cachaça. Cristiano tomou de um gole só, fez uma careta e contou sua história.

Sabe aquela parada ao lado da caixa d'água, na Baltazar? Pois é, eu estava esperando o ônibus quando, de repente, aquela mulher lindíssima surgiu ao meu lado. Mas de repente mesmo, como num passe de mágica, foi só eu olhar para o horizonte — procurando o ônibus — voltar a cabeça, e ela já estava ali. Tinha a pele bem branca, branquíssima, era alta e tinha os cabelos negros, lisos e escorridos pelo rosto. Dei um pulo e gritei. Ela sorriu pra mim, e me senti uma bichinha por ter dado aquele gritinho. Seu sorriso refletiu a lua, seus lábios tinham carne pra cacete. Sorri de volta. Ela me pediu um cigarro, peguei um Derby na carteira e estendi a ela, me desculpando por só ter daqueles. Ela pegou o crivo com as mãos mais longas e finas que já vi. Acendi pra ela, eu tremia, Pádi. Com a luz do isqueiro, vi seus olhos: íris preta, o resto vermelho. Ela deu uma tragada e disse:

— Cigarrinho mais vagabundo esse. Sua voz parecia uma música, dessas pra bebê dormir. Concordei com timidez, então ela perguntou se eu não queria fumar um outro tipo de cigarro. De dentro do decote, apertado entre os peitos duros e gigantes — igual das mulheres dos pornôs americanos —, ela tirou um baseado do tamanho de uma vela e já acendeu aquilo na hora , começando a fumar na minha frente. Enquanto deu uns dois ou três pegas, me examinou de cima a baixo, e eu a ela. Além do já dito, tinham as coxas, que escapavam pelo corte alto da saia comprida. E que coxas, Pádi! Ela estava toda de preto, e a blusa era bem transparente e apertada. Daí, ela me ofereceu o baseado, e eu disse a ela que não fumava maconha. Daí ela perguntou se eu não queria beijá-la, e eu disse que era noivo, estava indo visitar minha noiva naquele exato momento.

— Humm, um noivinho. Que delícia! — falou, passando nos lábios a maior língua que já vi.

Neste momento, perdi a noção de tudo, ela me hipnotizou, ou coisa parecida, sei lá. Parece que me mandava fazer as coisas — mas sem falar — e eu fazia. Uma espécie de telepatia. Então, ela me beijou, enfiou aquela língua enorme na minha garganta, fazendo meu sangue correr numa velocidade estúpida. Senti minha alma sendo sugada e, quando ela desgrudou, vi as presas, afiadas feito as de um cão, arreganharem e descerem em direção ao meu pescoço. Foi nesse instante que surgiram os dois negros. Dois vagabundos que passavam na hora. Um deles mexeu com a gente, chamou de casalzinho apaixonado. Ela interrompeu o movimento da mandíbula ao pescoço e rosnou igual a uma fera. O vagabundo chamou ela de gostosa, disse que ia come-la e mais uma série de baixarias. A moça não gostou e disse para os carinhas:

— Vão embora daqui, macacada!

Sua voz não tinha mais o timbre musical, e nem a dos dois negros, que começaram a gritar, a chamando de puta racista, dizendo que ela ia morrer.

Um dos caras puxou uma faca, daí então, Pádi, Ela pegou o cara pelo pescoço e arrancou a cabeça dele fora, assim, num puxão, como se ele fosse um boneco de palha, e atirou a porra da cabeça no asfalto. Aquela merda saiu picando, deixando um rastro de sangue. Depois ela agarrou o outro pelo braço, e eu nem vi o que ela fez com o filho da puta, porque já tinha virado as costas e corrido, apavorado. Só ouvi os gritos de dor e desespero. Corri pra caralho, não olhei pra trás, vi a venda aberta e aqui estou eu.

Compadre Valdir ouve a história em silêncio, pitando seu palheiro e soltando baforadas para o alto. Encerrado o relato, o velho gaudério fala:

— Pra mim quem fumou dessa erva maldita foi tu. Te emaconhaste e inventaste um causo que nem em filme de terror barato teriam coragem de contar. Larga desses vícios, vivente. Isso destrói com os miolos.

Cristiano tenta argumentar, em vão, que tudo é verdade, o Compadre desdenha, caminha até a porta, retira a tranca e abre o par. Quando as folhas se escancaram, o dono da venda depara com uma mulher lindíssima, toda de preto, pele bem branca. Não tem tempo nem de abrir a boca, ela crava os caninos pontiagudos no seu pescoço. O sangue jorra, e as pernas do Compadre bambeiam. Cristiano dá um pilo para trás, salta pela janela e corre feito o diabo. A vampira joga o cadáver seco chão, se transforma num morcego e sai voando atrás dele.

GAIA

"E doidamente me apodero
dos desvãos de mim,
meus desvarios me sufocam
de tanta beleza.
Eu sou antes,
eu sou quase,
eu sou nunca."
Clarisse Lispector

1770

Nuvens negras movem-se rápidas sobre o oceano cinza, como num filme de velocidade acelerada. O mar está agitado, inquieto. Ondas gigantes retumbam feito trovões. O uivo do vento encrespa o mar. A escuma branca das vagas explode violenta contra a parede de rochas.

E lá no alto do rochedo pode-se ver a mulher — o ar furioso agitando sua longa cabeleira ruiva e seu vestido branco. Ela eleva os braços aos céus, as mãos espalmadas, numa atitude de contemplação. A atmosfera responde frenética — a rajada de vento quase joga o pequeno corpo feminino penhasco abaixo, mas ela segue firme, impassível, parada na beira do precipício. Olhando de longe a mulher parece tranquila, segura de si. Súbito, um belo e violento raio cai dos céus bem diante dela, rachando a pedra num sulco de fumaça e cinzas. A mulher não se altera.

Joaquim ficou não sei quanto tempo parado diante da lareira. Não tem ânimo de se mexer. "Mas não é possível! Só faltava essa!" Exclama dentro de sua cabeça, enquanto lê pela terceira vez o bilhete anotado num pedaço de papel: Vou ter um bebê. Encontre-me nos penedos. Da sua Rebeca.

Estava tranquilo, tomando sua taça de vinho diante do fogo, quando o mensageiro apareceu.

— Senhor Joaquim. Um recado para vossa excelência.

Joaquim se vira e encara o mensageiro, que lhe estende um envelope. E dentro deste envelope está o bilhete que traz essa notícia terrível para ele.

Perturbado, ele ajeita a peruca Luís XIV na cabeça (última moda em Paris, mas Joaquim se sente desconfortável, não está acostumado a usá-la) e começa a traçar um plano. Vai até a lareira e joga carta e bilhete no fogo. É o primeiro passo de um plano traçado em meio ao pânico.

O tempo não está bom. Uma tempestade formada por violentos tornados se aproxima em velocidade surpreendente. Não é recomendado sair de casa, mesmo assim, Joaquim tem de ir até lá, a solução daquele problema não pode ser adiada. Em meio à ventania e rugidos distantes de trovões, ele vai até o estábulo, pega o cavalo mais veloz e parte a galope.

A tempestade parece acompanhá-lo ao largo. Na verdade, é como se ela o cercasse por todos os lados e a calmaria abrisse um corredor para ele passar. Joaquim vai com o coração na boca, sabe que não pode viver sem Rebeca, mas há um plano, uma ordem correta para as coisas. E essa ordem não pode ser alterada, pois o risco de colocar tudo a perder é muito grande. Procura se convencer de que se Rebeca o ama como ele a ama, ela há de entender.

Naquele instante, parada de pé sobre o gramado, quase à beira do penhasco, Rebeca nunca se sentiu tão intensa, tão plena. Diante da vastidão do mar, no topo da montanha mais alta, em meio ao furor do ciclone, carregando a filha no ventre (sim, ela sabia que era filha) e respirando com força o aroma do vento. Finalmente sua alma havia chegado ao plano superior que desde muito jovem almejava. Está eufórica, deslumbrada com seu novo estado de espírito.

De repente a tempestade sossega, mas olhando no horizonte, Rebeca percebe que a natureza segue desvairada, destruidora e violenta. "É o olho do furacão", deduz.

Então ela vê Joaquim chegando a galope no seu cavalo. Ele desmonta e vai apressado ao encontro dela.

— Rebeca!

Rebeca se vira e enlaça as mãos no pescoço de Joaquim. Eles se beijam.

— Ah... meu amor.

Ela o encara nos olhos e percebe sua angústia. Então volta-se para o mar. Olha lá para baixo e aponta.

— Olha!

As ondas se chocam com violência contra as pedras.

— Não é lindo, Joaquim? As ondas se chocando contra as rochas. — fala numa espécie de felicidade delirante.

Joaquim olha lá para baixo. Vê as vagas explodirem contra o paredão de pedra. Ele torna a olhar para Rebeca, ela tem um ar desvairado — o vento espalha seus cabelos vermelhos como se fosse um pequeno incêndio.

— É um espetáculo de violência. Um belo espetáculo de violência da natureza.

Joaquim olha aflito para ela e segura suas mãos entre as dele.

— Então é verdade, Rebeca? Tu estás grávida?

— Sim. Não é maravilhoso?

Joaquim hesita, está pálido, não consegue esconder seu sofrimento.

— Sim, é maravilhoso é... a coisa mais maravilhosa... da natureza. Só que...

Rebeca tem o olhar parado, opaco. Joaquim desvia a vista, está tenso.

— Tem um problema... — fala baixo, envergonhado.

— Problema?

— ... essa criança não pode nascer.

— Quem disse? — pergunta ela, ríspida.

— Rebeca, tu sabes que eu sou um homem casado...

— Eu não diria homem.

— Eu falo sério, Rebeca. Tu vais tirar esse bebê. Custe o que custar.

Tenta se impor, mostrar que tem o controle da situação.

— Se eu quisesse tua opinião, eu arrancava de ti.

Joaquim se desconcerta, recebe aquelas palavras como se fossem bofetadas. Está sobretudo impressionado pela violência de Rebeca.

— Eu já decidi, Joaquim. Vou ter o bebê.

Há um esgar de desprezo no canto da boca, um brilho maligno no olhar.

— Não me desafie, menina. Eu posso te obrigar.

— Me obrigue então!

Rebeca infla o peito e fala com petulância. Ela não tem medo dele, chegou na situação que a mulher não recua diante de nada. Na verdade, já estava preparada para aquilo e não lhe surpreende nem um pouco a atitude de Joaquim. Assustado com aquela reação ele baixa o tom, fala com uma certa ternura.

— Pensa bem, amor. Tu sabes, não posso ter um filho...

— Bastardo? — interrompe ela, furiosa.

— Isso ia acabar com meu casamento, eu ia perder todo direito aos bens, o dinheiro, a herança, tudo. É tudo dela, entende? É para o nosso próprio bem. É pelo nosso amor.

Rebeca no fundo sempre teve um desprezo velado por Joaquim que cada vez aumentava mais e que, naquele momento, se confirmava plenamente. Uma rajada cortante atravessou o ar, ao mesmo tempo que o sentimento de cólera brotou no coração da mulher.

— Tu não passas de um rato, um verme — diz, com nojo.

— Não adianta me insultar, meu amor. Tu sabes que estou pensando em nós.

— Pensar em nós é ter essa criança. O fruto do nosso amor.

— Essa criança é um acidente de percurso. Um acidente que pode atrapalhar o plano todo.

— Seu nojento!

Rebeca estapeia o rosto de Joaquim. Vê neste homem agora um inimigo que quer arrebatar-lhe o bem mais precioso de sua vida. Ele a contém, segurando seus braços com força e a puxando contra seu corpo.

— Calma, Rebeca. Se acalme.

Rebeca cospe no rosto de Joaquim, em seguida, liberta-se num puxão violento e inesperado.

Com fleuma, o homem seca o cuspe com a mão.

Surge então em Rebeca o plano de se lançar no abismo. Subitamente a ideia da morte tem para ela uma grande doçura.

— Então se é assim, prefiro morrer.

Por um momento, Joaquim duvida, mas há um fogo selvagem nos olhos da mulher. Ela, então, se precipita em direção ao precipício. Joaquim corre.

— Rebeca!

Quando ela está na beira do abismo, no último instante a ponto de saltar, o homem a pega pelo vestido e a puxa de volta, a segurando com força.

Um relâmpago clareia a cena como uma descarga branca e um trovão explode feito uma bomba.

— Tu és louca, mulher!

— Eu não quero mais viver! Me solta!

Mas Joaquim não solta. Rebeca se sente dominada. Não há como resistir, Joaquim é forte, incrivelmente forte. Ela desiste de rechaçá-lo e uma ideia começa a nascer em seu espírito. A expressão de desconforto desaparece de seu rosto dando lugar a uma doçura inesperada. Joaquim vê os lábios úmidos e entreabertos bem próximos, e então, a beija apaixonadamente. Rebeca corresponde, totalmente entregue em seus braços. É um longo e caloroso beijo.

— Te amo, faço o que tu quiseres. Só quero ficar contigo — diz ela dissimulada, os olhos aguados.

— Também te amo, Rebeca. Te amo muito — diz ele, num sentimento de alívio.

Eles se abraçam apertados.

Olhando a cena de longe, a mulher parece totalmente submissa, derrotada. Mas há nela um sentimento de perversidade, uma malícia feminina. Joaquim sente-se no controle agora, mas, na sua confiança de homem superior, não lhe ocorre que mulheres como Rebeca tem essa faculdade de simulação e autocontrole.

O abraço se desfaz, Rebeca desprende-se e olha ao longe, por sobre o ombro de Joaquim.

— Olha! Aquela mulher! Está se afogando. Vai se chocar contra as pedras.

Ao longe, uma mulher se debate nas ondas.

Joaquim se vira e fica a olhar para o mar.

— Não vejo nada.

E realmente ele não enxerga nada além de furiosas ondas.

Então, Rebeca vem correndo por trás de Joaquim, o empurra com uma força anormal e o joga do penhasco. Ele voa e se esborracha nas pedras lá embaixo.

Rebeca vai até a beira do precipício e olha lá para baixo — há um fulgor selvagem em seus olhos.

Desperucado e arrebentado, Joaquim está inerte em meio as rochas.

— Apenas idiotas mexem com bruxas.

Ela sorri com sarcasmo. E há no seu sorriso, no brilho dos seus olhos, qualquer coisa que não é humana.

Quando olha de novo, ela vê a mulher que antes se afogava parada de pé próxima ao corpo. Ela tem a pele muito branca, longos cabelos negros e se veste toda de preto.

A mulher olha para ela e faz um cumprimento com a cabeça. Rebeca a reconhece, sabe de que se trata de uma poderosa entidade. Já havia encontrado ela antes, em regiões além do tempo, onde mulheres de todas as épocas se reuniam sob o comando dessa soberana, parte deusa parte vampira, que sobreviveu ao seu próprio sacrifício. Foi ela quem revelou a Rebeca seus poderes sobrenaturais de bruxa até então ocultos.

Rebeca se afasta da beira do abismo, vai até o cavalo e alisa com brandura e intimidade o focinho do animal, e então, volta-se para o próprio ventre e segura a barriga com as duas mãos.

— Tu vais nascer, minha filha. Vais nascer e vais ser a bruxa mais poderosa que esse mundo já viu.

Rebeca monta no cavalo e sai a galope. Desce o morro gramado em meio à tempestade e dispara em direção à floresta. Até que mulher, tempestade, cavalo e floresta se fundem em uma coisa só.

A ESCLERA ESCARLATE

escapar de uma viúva negra
é um milagre tão grande quanto a própria arte
ela sentirá minha falta—
não de meu amor
mas do gosto do meu sangue,
mas ela é boa, ela encontrará outro
sangue;
ela é tão boa que quase sinto falta da minha morte.
Charles Bukowski

Caros leitores. Por mais estranho que possa parecer, este relato é verídico. Porém, os fatos ocorridos são tão impossíveis e extravagantes que não anseio que alguém em sã consciência acredite em mim. Faz tempo que venho tentando contar esta história e quanto mais realista, mais documental eu tento ser, mais inverossímil ela soa. Desta vez decidi seguir outro caminho, dizer a verdade sim, mas colocar um pouco de heroísmo no meio, procurando contar o que aconteceu ressaltado pelas tintas e as cores da ficção, mais condizentes com o absurdo e o fantástico dessa terrível verdade. Que ao menos meu pavor sirva de objeto de diversão das pessoas agraciadas por não terem que passar por nada parecido com isso em suas vidas.

Tudo começou com os sonhos. Na época eu fazia experimentos com medicação controlada, alterando dosagens de ansiolíticos e antidepressivos e estudando as alterações nos sonhos. Estava conseguindo tornar meus sonhos cada vez mais nítidos, reais e emotivos e já tinha adquirido o controle de despertar, assimilar o sonho em um estado de consciência e tornar a dormir e seguir sonhando o mesmo sonho. Então certa noite comecei a ter esses sonhos eróticos e de possessão vampirística. Uma leve brisa envolve meus sentidos, me deixando numa estranha sensação de abandono. Então começo a voar, meu corpo está leve, mas não sou eu quem controla o vôo. Estou nu e sinto aquele desconforto de pudor ao estar nu ao ar livre. Sou levado até um lugar escuro e frio, um lugar diferente de tudo que eu já havia visto antes. E ela está lá, uma mulher linda, hipnotizante. Num delírio sexual, sou possuído por sua nudez lasciva, nunca senti tanto prazer carnal, nem em sonho nem em vigília. Percebo então que estou no inferno, mas isso não me causa medo, ao contrário, me causa atração.

Eu acordava exaurido, mas queria sonhar de novo aquele sonho, queria encontrar outra vez a mulher que me vampirizava. E isso realmente acontecia, com pequenas variações, o sonho se repetia várias e várias vezes, e toda noite eu visitava o inferno e vivia um prazer indescritível.

Ao longo de minha vida já caí em muita cilada com esse negócio de *cherche la femme*. Cheguei num ponto que meu desconfiômetro pressentia um problema a quilômetros de distância e, mais do que isso, já me considerava aposentado desta desgastante prática. Desta vez, porém, fui carregado alheio a minha vontade para este destino maldito. E é bem assim que acontece essa coisa de ser levado a algum lugar. É uma sensação que a gente acha que não existe e, quando vê, está acontecendo conosco (veja bem: a possessão já havia iniciado nos sonhos, este era apenas mais um processo) e a gente vai sendo levado direto para onde o diabo quer. Então, olhando em retrospectiva todas as coincidências, todos os mínimos fatos, tudo fazia parte de um plano maligno.

Aquela noite saí de carro para ir ao supermercado. No caminho, observei que havia uma blitz de fiscalização, imediatamente desviei e fiz outro trajeto. Por uma desatenção, perdi o retorno e na mesma hora decidi ir em outro supermercado. Comecei a sentir então essa energia, como alguém chamando meu nome. Assim, houve esse lapso em que fui seguindo em frente feito um boneco. Lembrei então que havia o lançamento do livro de um conhecido, pois passava em frente ao local. Pela lógica, jamais iria naquele evento. Passei devagar e observei o movimento: uma mulher extremamente sensual parada diante da entrada chamou a minha atenção. Por instinto, estacionei o carro e desci.

Linda seria um eufemismo: mais alta do que eu, aparentava pouco menos de 30 anos; debaixo do vestido preto justo, um sublime corpo dentro de padrões de beleza incontestáveis em qualquer canto do mundo em qualquer época; os cabelos longos de uma escuridão absoluta; a pele tão branca que quase dava para ver suas veias; a perfeição helênica nos traços do rosto era insignificante comparada ao brilho e vivacidade que ela transmitia. Mas o mais diferente de tudo nela eram os olhos. Eram vermelhos — a esclera escarlate e a íris preta (curioso é que não reconheci, mas ela era a mulher dos meus sonhos).

Ela começou a se aproximar de mim, lenta, como uma leoa diante da presa. Meu coração disparou.

— Tem fogo? — disse gentil, numa voz melíflua.

Rápido, saquei do isqueiro.

Ela tirou sei lá de onde um gigantesco baseado.

Procurando aparentar normalidade, entreguei a ela meu isqueiro.

Ela apanhou com as mãos mais longas e finas que eu já vi e incendiou o imenso cigarro, confirmando na mesma hora que o produto era mesmo maconha. Depois de dar dois grandes pegas que confirmavam que o bagulho estava realmente acesso, ela guardou meu isqueiro na bolsa.

— Veio para a sessão de autógrafos?

— Tá tendo?

Ela confirmou falando entre dentes, me passando o extraordinário baseado. Por instantes, perdia o ar de *femme fatale* e parecia íntima.

Nem bem dei um pega na maconha, olhando para aqueles olhos rubros, e já comecei a me sentir inebriado. Não é que ela sorriu para mim? E o que eu vou falar daquele sorriso? Não era algo real, estava mais para um superpoder.

Sem respeito às pessoas que chegavam e saiam do evento, fumávamos o charuto de maconha em frente à porta da bagaça.

— Parou o carro e desceu só por que me viu aqui na frente — disse insinuante, cheia de dengo.

— Não, não. Eu... estava vindo aqui... — tentei me explicar, mas minha gagueira e a expressão de vergonha me traiam.

Um casal de idosos pediu licença e ela rosnou para eles igual a um cachorro raivoso, em seguida, olhou para mim e disse:

— Vamos dar o fora daqui!

— Claro — respondi sem pestanejar. — Eu to de carro.

— Então vamos dar uma voltinha de carro, bebê — disse ela cheia de animação.

E a gente riu e ela pegou a minha mão e andamos pela calçada como se fôssemos namorados.

Entramos no carro, ela já foi direto me beijando na boca, de maneira selvagem, apertando aqueles lábios cheios de carne nos meus e enfiando uma gigantesca língua na minha boca como se quisesse me matar com o beijo.

Excitado como nunca, tentei possuí-la ali mesmo. Por um momento ela se entregou com fúria às carícias, alheia a tudo. Os bancos reclinados indicavam que a coisa ia acontecer ali mesmo. Súbito, torcendo-se feito uma cobra, ela se esquivou e foi me manobrando de tal forma que, de repente, me vi embaixo dela.

Senti o frescor de sua pele, a firmeza do seio que se desprendia do vestido, oferecendo seu bico pontudo para minha boca molhada. Me achava imerso numa estranha embriaguez. Neste instante senti as agulhadas no pescoço, como uma ferroada de vespa. O corpo dela estremeceu. Em seguida a dor fez-se outra, uma dor de ferida espremida. Seus lábios sugavam. Houve um longo período de inação. Eu escutava um ruído delicado descendo pela garganta da mulher. Então percebi que se tratava do meu sangue. Aos poucos senti minha vida se esvaindo, meu alento saindo do meu corpo. E o frio, o terrível frio que anuncia o fim. "Meu Deus, então assim é a morte", pensei.

Acordei no covil. Deitado no leito lado a lado com a sugadora de sangue. Me sentia como que drogado por substância entorpecente, uma sensação tão acolhedora e reconfortante que me fazia esquecer do pavor todo. Na verdade, sentia prazer (mais tarde, a própria criatura me informou que a sensação do estado de controle mental que ela utiliza é idêntica à do ópio inalado). Mas havia algo no fundo da minha cabeça, algo ultra poderoso, uma força maior que sobrepujava a alienação extática esmagando o âmago do meu ser como quem pisoteia fruta podre: minha mente estava sendo controlada por aquele monstro. Ela percebeu meu despertar e me olhou com seus olhos oblíquos — um rastro do meu sangue coagulado no queixo. Pensei em perguntar onde eu estava, quando ela interrompeu meu pensamento:

— Aqui é o meu covil — disse, quase com uma certa doçura.

O local era um estúdio amplo e escuro. Todas as janelas estavam lacradas com pano preto. Um sufocante cheiro de enxofre e carne putrefata pairava no ar. Centenas de livros lotavam a gigantesca estante que ocupava toda a parede lateral. As outras paredes eram atulhadas de obras de arte, como se fosse um pequeno museu forçado a expor todo seu acervo. Havia quadros de Vermeer, Rembrandt, Picasso, Van Gogh,

Polock entre outros que eu não conhecia (naquele momento imaginei que se tratavam de reproduções perfeitas, mais tarde, descobri que eram originais). A mobília era básica: sofazinho de três lugares, poltronas vintage, e cozinha completa e moderna. Além disso, no canto da sala havia um pesado cofre de aço (o que me fazia perguntar que tipo de coisa uma criatura como aquela guardaria num cofre).

— Tu é...

— Sim— interrompeu ela. — Sou uma vampiresa.

Aquilo soou tão lindo. Ela era exuberante, sem dúvida, e tinha o controle mental de tudo, como uma bruxa.

Ela levantou da cama e foi até o banheiro. Estava nua, com o pescoço e o peito lambuzados de um sumo denso e encarnado. Andava como quem desfila numa passarela, saciada e alegre, como uma onça na selva.

Alguém pode questionar que ficar jogado numa cama macia, drogado de ópio e olhando uma mulher linda e escultural andando nua pelo ambiente não parece um cativeiro ruim. E seria a pura verdade. Entretanto, o pavoroso naquilo era que o próprio Satã estava por trás de tudo.

— Tu vai me transformar em vampiro?

Ela riu com escárnio:

— Claro que não! Tu é um Zé Mané, um ninguém. Só presta pra me alimentar e me servir. Quanto tu estiver seco, sem sangue, eu te descarto. Por enquanto, te transformei em zumbi pra me servir, mas tenho planos pra você.

E assim se passaram os próximos dias. A demônia saia de casa no fim da tarde e voltava só de madrugada. Me sugava o sangue até o sol nascer, cravava as presas de marfim na minha jugular e tomava uns bons goles. De novo vinha aquela sensação de morte. E de novo e de novo e todo dia eu morria outra vez.

Áreas críticas do meu corpo iam sendo laceradas. Aos poucos minhas forças foram se esvaindo. E percebi que não iria durar muito, curiosamente não tive pavor ou ânsia alguma — cada dia mais sonolento e cansado tinha a impressão que ia desaparecer com o fim do verão.

Ocupava meu tempo livre com leituras — a biblioteca de minha mestra era riquíssima, cheia de raridades. Além disso, havia centenas de fotografias guardadas em dezenas de álbuns. Dei uma olhada nessas fotografias — a maioria era de mulheres pousando nuas e, inclusive, algumas eram de pré-adolescentes em poses sensuais.

— Mas tu pega mulher também ou só homem, excelência?

— Pra me alimentar?

— Em todos os sentidos.

Eu ri, ela não gostou, tinha um senso de humor peculiar e violento, o humor do sádico egocêntrico, mas mais do que tudo não tolerava qualquer espécie de gracinha ou ironia.

— Que só ome o quê, moleque! Olha bem pra minha cara!

Aproveitei o raro momento de cumplicidade:

— Excelência! Esses dias todos aqui e não fomos apresentados com propriedade. Não sei sequer o nome da minha bela algoz.

— Isso é porque você é um lacaio e recebe tratamento de lacaio — disse, ríspida. (*pausa dramática*) — Eu sou conhecida por muitos nomes, juvenílio. Mas originalmente sou a Rainha Lilith, a vampiresa do Mar Morto.

Por um instante fiquei confuso:

— Mas então Lilith... é a Lilith aquela que eu to pensando, daquela época lá?

— Evidente que não, seu cachorro. Aquela Lilith que você se refere é a mãe de todos os vampiros. Lava a boca pra falar, seu imundo!

— Se ela é a mãe, então o pai... — falei tremendo e temendo a resposta.

— Sim, o pai é o próprio Satã — completou ela, com o sorriso maligno da vaidade no rosto.

Neste momento fatal, compreendi que o destino me reservava algo muito além da minha morte: tratava-se da corrupção eterna da minha alma.

— Então vosso nome sagrado foi uma homenagem a mãe de todos?

— Sim — respondeu com um ar fanático. — Sou descendente direta dela.

Os olhos pareciam duas pedras em chamas.

Então, algo mudou na minha relação tóxica com minha mestra e rainha. Eu estava em um ponto de falência física e anemia grave, meu sangue era quase água, enfim, havia chegado a hora de ser sugado até o sumo e minha casca abandonada em uma lixeira na periferia. Porém, não foi o que aconteceu. Novos zumbis surgiam e eram descartados, e eu ficava por ali, feito um corcunda fazendo o serviço de lacaio da sua mestra. A bem da verdade, não tinha mais meu sangue sugado, mas era fraco e doente. Com certeza havia algum motivo oculto na mente maléfica e superior de minha soberana para me manter vivo.

— Mas porque eu não posso ser transformado em vampiro, majestade?

— Tu quer mesmo? Acha que está preparado, juvenal?

— É isso ou virar uma casca seca descartável, não?

— Não. Não é assim tão simples. Existe um ritual, uma iniciação.

— Me inicie, excelência. Eu imploro.

Ela me olhou com desprezo.

— Tu não sabe nada, te enxerga, carniça. Existem criaturas que se tornam mortos-vivos forjados no medo e na adoração ao demônio. Abominações miseráveis que passam a existência escondidos nas trevas, temendo o sol e os símbolos sagrados.

— É o proletariado dos vampiros.

— Exato, e infelizmente é uma maioria. Mas nós, vampiros de estirpe nobre, (*fala com empáfia)* abominamos essas criaturas rastejantes, e faz parte da nossa missão exterminar esses seres execráveis. Então, pelego, se eu te transformasse, eu mesma ia te exterminar.

— Tem isso de missão também?

— Insolente!

Apesar da fúria de minha dona, ela acabou me explicando o bea-bá da história de sua espécie. Os vampiros existiam desde sempre, sua origem datava do princípio do mundo, quando Lilith se disfarçou de serpente e convenceu Eva a manipular o desejo sexual, iniciando assim a evolução da espécie humana.

A consequência cruel para Eva foi viver seu livre arbítrio com Adão fora do Paraíso, mas Lilith foi jogada ao inferno na companhia de Lúcifer, que de imediato a possuiu. Esta relação carnal sacrílega gerou milhares de criaturinhas demoníacas, os lilins.

Isto originou o culto da Serpente Velha, a mãe das entidades maléficas, adorada por esses seres nascidos da relação entre o próprio demônio e uma criação humana.

Assim, em rituais que exigiam a presença de uma virgem, a própria Serpente Velha aparecia em uma das suas formas e penetrava no corpo da virgem. O esperma e o sangue da pureza rompida abundantes se fundiam numa poção que dava a imortalidade aqueles que a tomassem, e a virgem morta renascia e se tornava uma rainha vampiro, com o poder de transformar outros na mesma espécie. Minha mestra era no caso uma das virgens originais desses rituais diabólicos.

Deste modo, legiões de vampiros se criaram, mas, é importante destacar a diferença entre as rainhas, os contaminados e os bebedores da poção. Estes formaram um ramo conhecido como Homens que Não Devem Morrer — vampiros esclarecidos e muito poderosos que são capazes de voar e tem imunidade à luz do sol e aos símbolos religiosos. Não são mais submissos ao demônio, vivem na sociedade em cargos de destaque e utilizam do processo do vampirismo astral para sugar a energia vital de suas vítimas. Acima de todos estão as rainhas, que são ainda mais poderosas e também utilizam do vampirismo astral, porém, este não sacia suas necessidades, tendo que recorrer ao vampirismo de sangue. Do outro lado da via estão os vampiros contaminados, que se tornaram criaturas que rastejam na escuridão e cultuam o demônio, eternamente angustiados pelo rastro de vítimas que deixam por onde passam, restando apenas o inferno como seu último refúgio.

— Então não adoras o demo, soberaníssima?

— Adorar, adorar, não. Mas eu gosto dele.

Duas vezes por semana ocorriam as orgias, os bacanais. Eu assistia a tudo oculto na sombra, sem participar de nada, o que para mim era mais uma tortura e crueldade de minha mestra.

O curioso é que nessas festas sexuais, a maravilhosa Raquel (era o seu nome atual) fazia de tudo que já se ouviu falar em matéria de sexo com seus convidados homens e mulheres, mas não sugava o sangue de ninguém. Porém, nunca vi alguém se negar a fazer a perversão mais inimaginável que ela ordenasse. O tempo todo ela mantinha o controle das surubas. E eu observava todos os detalhes, me tocando escondido feito um moleque: ela sugando o sexo de outras mulheres, as levando ao delírio, urrando ao êxtase feito gatas de rua, depois sentando na cara das moças e despejando seu gozo denso como sangue; sendo penetrada pela frente e por trás por dois homens ao mesmo tempo, bebendo o esperma dos dois simultaneamente. Ela não tinha limites.

A prova disso é que, às vezes, sem qualquer aviso prévio, as orgias terminavam em sangue e gritos de horror — tal qual uma rainha sádica, ela matava só pelo prazer de matar. É senso comum que a volúpia e a crueldade são irmãs.

E, em cada um daqueles bacanais, eu queria mais do que tudo ser um daqueles homens ou mulheres. Mesmo os que eram devorados no final.

Neste ponto eu acreditava que a amava, mas não tinha como ter certeza, quem sabe estivesse muito debilitado e com a mente fraca. Qualquer sobressalto já me vinha uma ligeira vertigem, um prenúncio do fim da vida.

— Mas por que cargas d'água vossa excelência mora justo em Porto Alegre?

— Sabes que tu me entedias? — disse violenta e começou a me esbofetear de mão aberta, ora num rosto, ora no outro. Enquanto batia, vinham as gargalhadas sádicas e seu rosto adquiria uma expressão feral.

Ela era uma criatura nômade, mudava de cidade a cada vinte, trinta anos e recomeçava uma vida nova. Assim, já havia morado em todas as partes do mundo. Vivia aqui desde 1968, pois "no Brasil a vida não vale nada", assim, era um bom país para residir se você é um vampiro. Morava em Porto Alegre desde os anos oitenta, adorava a cidade. No final dos anos noventa foi obrigada a ir embora, pois, numa noite de loucura, deixou um rastro de sangue e morte na cidade. Mas agora estava de volta.

— Eu tinha tomado ácido e estava pronta pra fazer confusão. Encontrei um rapaz muito atraente no ponto de ônibus e resolvi seduzi-lo. Dois... dois homens que passavam mexeram com a mulher errada e tiveram suas cabeças decepadas. Depois acabei sugando o sangue de um velho desavisado que ficou no meu caminho.

— Claro, eu lembro desse caso. Na zona norte. Noticiaram como guerra de gangues. E o rapaz, que fim deu?

— Foi meu lacaio por uns meses.

A sedução é uma das artimanhas que os vampiros mais gostam de usar. Não que uma rainha vampiro como minha ama precise disso para obter o que ela quer, mas isso dá prazer a ela. Ela pode escravizar quem ela quiser com o poder da hipnose, mas prefere o jogo de gato e rato, no qual ela é o gato evidentemente. Minha vida dependia do entendimento de aonde ela queria me levar com a sedução. Eu precisava apresentar algo diferente (provavelmente o que ela já esperava desde que me seduziu) enquanto ainda houvesse um sopro de vida no meu corpo. Temia o mesmo destino do jovem atraente.

— Então é verdade que vossa majestade se transforma em morcego?

— Eu me transformo em vários animais, o lobo, o morcego, o lagarto, a serpente.

E então, por pura crueldade, ela se transformou em uma enorme e feroz cascavel, balançando seu chocalho. Num repente, a cobra deu o bote no meu pescoço. Presas pontiagudas cravaram na minha carne. A dor era terrível, mais uma vez vi a morte correndo devagar nas minhas veias. Quando voltei a mim, era ela, a vampiresa que ia atracada em meu pescoço, bebendo meu sangue. As gargalhadas encheram sua boca já cheia do sumo. As ondas de violência gratuitas eram a pior parte. Os sentimentos humanos de virtude tornam sua espécie mais fraca, assim, são seres que odeiam o amor e gozam com a violência. Na condição de ser humano que sou, é muito difícil saber como se sente tal criatura parte mulher, parte animal, parte demônio, e o pior, que está morta, mas viva.

Nessas alturas, resignado à fatalidade, perdi o pavor cotidiano do cativeiro, ou me acostumei a ele. Talvez tenha adquirido a Síndrome de Estocolmo, ou quem sabe sempre foi hipnose. O certo é que idolatrava Lilith como uma deusa cruel e faminta. Mais do que tudo me absorvia por completo pela curiosidade. O fato era que minha mestra havia testemunhado simplesmente a história da humanidade. Eu desejava saber tantas coisas: viu Pelé jogar?, conheceu Jesus Cristo? Foi então que tudo mudou:

— Agora chegou a vez de você mostrar sua utilidade, cobra-morta.

Ela mostrou as presas e me olhou com uma espécie de raiva.

— Eu quero que você seja meu *ghost-write*, escreva minha biografia.

E assim começou uma nova etapa, com essa biografia herética se tornando minha *As mil e uma noites*, meu jogo de xadrez na beira da praia. Por um período que só não será a eternidade porque uma hora ela vai cansar da brincadeira e me exterminar sem motivo, ou mesmo a biografia vai ficar pronta, o que vier primeiro, acredito.

Quanto a mim, tenho levado uma vida de zumbi e escritor profissional não remunerado. Lilith me mantém num estágio de controle mental menor, restringindo muitas coisas, mas me deixando livre em outras, pois se convenceu de que, se eu não pensar com minha própria cabeça, não vou conseguir escrever. Vivo quase como os mortos-vivos, pois minha bebida é o sangue e minha comida a carne humana, mas oficialmente não sou um morto-vivo.

Sim, me tornei um canibal e não posso dizer que desgosto da carne humana. Toda semana tem um zumbi novo que é minha fonte de alimento e minha folia.

Então caríssimo leitor que lê esse relato com um certo sorriso no rosto (são as tintas da ficção), saiba que neste exato momento em que você está lendo isso, estou preso num sangrento covil de vampiro com as mãos sujas de sangue, fazendo trabalho escravo e seguindo a vontade de uma cruel psicopata milenar — minha mestra, meu tormento, meu amor e rainha suprema Lilith, a vampiresa.

Mesmo assim, me anima saber que muitos possam fazer uma bela recreação da minha desgraça infinita.

Cuidado tarântula negra. Uma noite eu despertarei em sobressalto romperei o encantamento pelo qual manténs meus membros na imobilidade, e te esmagarei entre os ossos dos meus dedos, como um pedaço de matéria mole.
Conde de Lautréamont

A ESTRANHA E TENEBROSA LÁPIDE

Bentinho não conheceu o pai e quando ocorreu o obscuro acidente com sua mãe — desabou em seus braços feito um saco de tomates — ficou sozinho no mundo.

Conheceu Alfonso, o coveiro, no Cemitério Casa de Cristo, no enterro de sua mãe. Depois que o padre partiu, ele ficou só com o homem magro e alto que jogava a terra negra sobre a cova. O coveiro terminou de cobrir o buraco e cravou a pá no solo macio. A seguir, acendeu um cigarro e ficou olhando para o garoto, um laivo de piedade brilhava no olhar.

—Você era o que da morta, garoto?

— Ela é... era minha mãe — respondeu Bentinho, baixando a cabeça. A morte de sua mãe havia jogado uma bomba de tristeza em sua vida.

— Era muito bonita... e jovem. — Havia qualquer coisa insinuante no tom da voz do coveiro.

O garoto olhou para o rosto vermelho do homem — a pele cheia de chagas escuras lhe provocou um certo asco. O sujeito piscou e sorriu com um lado da boca, mostrando a falta de alguns dentes. Nauseado, Bentinho tornou a olhar para o chão. O coveiro aproximou-se, passou a mão grossa na cabeça do garoto e perguntou se ele tinha onde ficar.

Ele não tinha. Passou a morar no cemitério, com Alfonso, o coveiro, na sinistra casa branca com as paredes descascadas. Trabalhava como ajudante. Tinha doze anos.

As vozes foram surgindo aos poucos. A noite, Bentinho fechava os olhos e ouvia as vozes sussurrando palavras sujas em seu ouvido, insinuando pensamentos vergonhosos. Bentinho estava convencido de que eram as vozes dos mortos que falavam com ele todas as noites. E junto vinha aquele cheiro de carne putrefata. O perfume que o acompanhava sempre, impregnado em sua pele. Mas sentia tal fedor exsudando de uma forma mais intensa antes de dormir, deitado em seu fino colchão de espuma. Era como se fosse suor. O suor de um morto pingando em suas narinas. Depois sentia dor, muita dor, pelo corpo todo, ficava sem ar e apagava.

Sonhava sempre com três demônios negros. Criaturas nefastas que só falavam em morte violenta, assassinatos e mutilações em seus aspectos mais perversos. Não deixavam Bentinho em paz, estavam sempre por lá, em sua mente, com seus chifres de bode e suas peles gosmentas. Bastava pregar o olho e os três apareciam em toda a parte, soltando uma sucessão de gritos infestados de cólera. Gritos que em nada se pareciam com coisas deste mundo ou mesmo do mundo onírico.

Acordava sempre com o suor já gelado sob a camiseta e a dor latejando — interna, entranhada em algum lugar de seu corpo de menino. E aquele odor morfético aderindo sua pele, como se tivesse dormido abraçado em um cadáver, lhe causava manhãs inteiras de ânsia de vômito.

Alfonso era como se fosse o tutor de Bentinho, que, além de proporcionar ao jovem alimentação e um local para dormir, ensinava o ofício a ele. Não havia agentes funerários na distante localidade de Bacupari, assim, toda vez que morria alguém, os serviços fúnebres, do caixão ao sepultamento, ficavam ao encargo do coveiro. Assim, Bentinho se acostumou com o manuseio de corpos frios e a catinga de morte.

Porém, a relação entre eles, pelo menos para Bentinho, não era boa, pois ao mesmo tempo que nutria uma sincera gratidão e talvez até uma certa admiração por aquele homem, sentia também uma espécie de asco sem explicação — mesmo convivendo diariamente com Alfonso, não se acostumava com sua figura repulsiva. Ao contrário, a medida que a puberdade crescia em seu corpo, aumentava a repugnância e. até mesmo, crescia um ódio no rapaz.

Certa noite de verão, Bentinho resolveu dormir fora do cemitério, acreditando que não iria ouvir as vozes antes de adormecer e os três demônios negros talvez não aparecessem em seus sonhos. Ao crepúsculo, sem que seu patrão percebesse, passou caminhando pelos portões de ferro do Cemitério Casa de Cristo, atravessou a cidade em passos determinados e chegou até a lagoa. Ele costumava ir ali com sua mãe, nos fins de semana. A noite estava quente e sem vento e Bentinho adormeceu enquanto contemplava o brilho das estrelas, nas margens tranqüilas da lagoa imensa. E não ouviu vozes de mortos, nem sonhou com os três demônios negros. Ao invés disso, sonhou um pesadelo que talvez fosse melhor não ter sonhado.

Bentinho estava dormindo na sinistra casa branca e despertou de súbito, todo suado. Estivera sonhando com aqueles três. Ouviu um barulho que vinha da parte dos fundos do cemitério, atrás de seu quarto, onde estavam enterradas as pessoas mais pobres da cidade — onde jazia sua mãe. Pensou imediatamente nesses profanadores de túmulos, fanáticos que violavam sepulturas a procura de material para feitiços e magia negra. Bentinho sabia muita coisa sobre o tema — ao longo dos anos sempre informou-se sobre o oculto e o desconhecido, tentando encontrar algum entendimento para a fantasmagoria que possuía sua vida. Levantou-se do surrado colchão e foi acordar Alfonso. O coveiro não acreditava na existência de tais fanáticos. Achava que tudo não passava de uma lenda. Mesmo que já houvessem sido profanados três túmulos no Cemitério Casa de Cristo. Isso sem contar as histórias ouvidas nas cidades vizinhas.

— São os ladrões — dizia Alfonso. — Hoje em dia se rouba tudo.

Apesar de haver um volume no formato de uma pessoa deitada na cama, Alfonso não estava lá — era apenas a coberta e os travesseiros modelados para simular um corpo humano. Movido por uma força invisível, Bentinho levou a mão para baixo da cama, pegou a afiada peixeira, no lugar onde seu patrão costumava guardar, e saiu pela porta andando feito um autômato. Logo avistou Alfonso, caminhando rápido sob a luz branca da lua, carregando a pá na mão, ofegante, como se estivesse cavando até a um segundo atrás. O coveiro não percebeu sua presença, largou a pá, apanhou o pé de cabra e voltou para onde tinha vindo, os fundos do cemitério. Bentinho começou a seguir a silhueta magra do coveiro. No caminho, esbarrou em uma estranha e tenebrosa lápide. Uma lápide que não podia estar ali, mas estava. Não havia um nome escrito nela, apenas um epitáfio, esculpido na pedra. Era uma passagem da Bíblia, Bentinho pode ler com clareza:

Eu vos digo, porém, que todo aquele que olhar para uma mulher com cobiça, já em seu coração cometeu adultério com ela. Portanto, se teu olho direito te escandalizar, arranca-o e atira-o para longe de ti, pois é melhor que se perca um dos teus membros do que todo teu corpo seja lançado no inferno.
(Mateus 5, 28-30)

Ouviu então um som indistinto, uma vaga agitação, vindo lá de onde Alfonso estava. Levantou os olhos mas havia perdido de vista a silhueta do coveiro. Com a peixeira em punho, andou naquela direção, o som aumentando de volume a medida em que se aproximava —um arfar rápido e chiado. Pelo som, reconheceu que era Alfonso quem arquejava e também grunhia agora. Estava próximo, mas Bentinho não conseguia vê-lo. Então, viu a infame sepultura aberta no chão —os grunhidos vinham dali. Aproximou-se com cautela, inclinou o corpo e espiou lá para baixo. No fundo da cova estava Alfonso, nu, deitado sobre o corpo da morta. Dentro do corpo e do caixão, penetrando a morta com a violência de um demônio selvagem, urrando feito um animal possesso — o cheiro perpétuo de cadáver exsudando. Bentinho reconheceu aquele cheiro. Então, ele viu o rosto da morta. O belo rosto sem vida de sua mãe, o encarando através dos olhos verdes e opacos. Viu o suor de Alfonso pingando sobre o rosto inanimado de sua mãe, escorrendo pelas faces feito lágrimas. Bentinho, ato reflexo, levantou e baixou a peixeira. A cabeça de Alfonso saltou fora do corpo e desapareceu no fundo da treva no chão da cova.

Bentinho despertou na beira da lagoa, tomado por pânico extremo. Levantou-se e correu incontinenti em direção ao cemitério. Já era meio-dia e o sol escaldante fritava seus miolos quando ele cruzou afobado os portões de ferro do Cemitério Casa de Cristo e adentrou na sinistra casa branca. Chamou por Alfonso, mas o lugar estava abandonado aos mortos. Foi até os fundos e percebeu que lá havia uma estranha e tenebrosa lápide — igual a de seu sonho. Uma lápide que, mais do que nunca, não podia estar ali. A passagem bíblica estava gravada nela, porém, havia algo mais talhado na pedra, acima do epitáfio maldito — era o nome de Alfonso, o coveiro.

15

O EXORCISTA

Na época, eu morava nos Estados Unidos.

Fiquei sabendo, através de jornais sensacionalistas, do caso de uma menina possuída pelo demônio que já tinha matado uns quantos padres que haviam tentado o exorcismo.

Naquele instante, uma luz divina iluminou meu espírito cristão com uma idéia. Era minha hora de agir, não houve dúvida — quando tal momento alcança sua alma, não existe mais dúvida. Na sua hora, caro leitor, você vai entender.

Obstinado, cheguei até o padreco encarregado do caso — um homem em frangalhos, com medo de que a própria sombra o empurrasse escada abaixo. Expliquei idéia e motivação, solicitei autorização para agir. Beijando minha mão, ele autorizou.

O padre fez exatamente o que mandei: chamou os bombeiros e benzeu a água do caminhão.

Munido com mangueira de alto calibre, fui até o quarto — o demônio executava um giro de trezentos e sessenta graus na cabeça da menina.

Falei para o monstro que agora ele podia vomitar sopa de ervilha à vontade e dei-lhe uma mangueirada de água benta de quinze minutos nas fuças.

Ele urrou e ardeu no inferno com cada gota daquela água santa que chegava aos litros.

Eu chorei sangue de tanto rir.

COURS D'ASTRONOMIE

ÉCOLE POLYTECHNIQUE

PORTEFEUILLE DES ÉLÈVES - PL.

E. BERTAUX, Éditeur

25 Rue Serpente, PARIS

CARTE PITTORESQUE DE LA LUNE

Par LÉON FENET

LUA DE SANGUE

O sol se converterá em trevas, e a lua,
em sangue, antes que venha o grande e
terrível dia do Senhor.
Joel 2:31

Bentinho tinha dezessete anos quando chegou em Porto Alegre. Teve de conviver com muita pobreza e sofrimento. Foi mendigo e indigente, furtou para comer, dormiu sob viadutos.

Um dia, foi pego roubando dinheiro de uma menina na saída de uma escola. Apanhou, foi preso e levado para uma instituição.

No primeiro mês, Bentinho foi atormentado sem tréguas por três terríveis demônios negros que costumavam povoar seus sonhos de adolescente e massacrar sua alma. Lá na casa de correção, essas criaturas começaram a aparecer não só nos seus sonhos, mas o tempo todo, estando ele dormindo ou acordado. Quando ficava de olhos abertos, os sórdidos demônios misturavam-se com as paredes e os móveis, mas, ao fechar os olhos, tornavam-se mais nítidos e seus gritos mais obscenos e enlouquecedores.

Havia naquela instituição uma jovem assistente social pela qual Bentinho mantinha um certo carinho à distância, pois ela lhe lembrava sua falecida mãe.

Cláudia era o nome da moça e, a medida do possível, ela fazia seu trabalho interagindo com aqueles problemáticos adolescentes.

Numa oportunidade em que se encontrou a sós com ela, Bentinho se aproximou e falou com a mulher, num tom humilde e envergonhado:

—Moça... posso pedir uma coisa pra senhora?

A surpresa tomou o rosto de Cláudia, pois Bentinho nunca tinha falado qualquer palavra, mas de imediato ela retomou o controle e falou com serenidade e voz adocicada:

—Claro... pois não?

Bentinho vacilou um instante e baixou o olhar.

—A senhora não arrumava um jeito de eu sair daqui? Não aguento mais aqueles três.

—Que três?

—Os três demônios negros. — E olhou para ela, com uma expressão que era um misto de pavor e súplica. — Antes eles apareciam só nos sonhos, agora aparecem o tempo todo.

—Eles estão aqui agora?

Ele respondeu que não, só quando estava sozinho.

Cláudia era uma moça cristã, altiva e sensível. Prometeu a ela mesma que iria ajudar aquele pobre rapaz, fazer algo por ele. Para ela era um caso clínico dos mais curiosos — além do potencial de render bons frutos para uma tese de mestrado, apresentava um desafio para seu jovem espírito cristão.

No entendimento da moça, parte do problema psíquico de Bentinho vinha de seu ódio à vida, seu gosto pelo oculto e o mórbido — faltava fé ao garoto, interação com o lado do bem. Assim sendo, ao invés de encaminhá-lo como paciente da ala psiquiátrica, Cláudia o presenteou com um exemplar da Bíblia Sagrada, e disse a ele:

— Tudo que você procura, Bentinho, se encontra aqui, neste livro.

As palavras do Novo Testamento eram inéditas para Bentinho, assim, através da fé, ele se tornou um novo homem, pois passou a acreditar nas palavras que estavam escritas ali. Deixou de lado crendices duvidosas e abriu um caminho de luz em sua vida. E os três abomináveis demônios, alguém pode perguntar? Aos poucos foram sumindo, sumindo da vida de Bentinho aos poucos, até desaparecerem aos poucos e por completo.

Mas o fato de não enxergar o demônio, não quer dizer que ele não esteja por aí.

Bentinho alugou um quarto numa pensão decrépita na Azenha e arrumou emprego de ajudante em uma funerária, estrategicamente posicionada ao lado do Hospital Pronto-Socorro.

A rotina do serviço eram corpos mutilados por acidente ou crime violento — maquiagem, reconstituição, enxertos. Bentinho manuseava cadáveres decepados com desenvoltura e habilidade. O trabalho era fácil, conforme ele mesmo considerava.

Na funerária, Bentinho tinha um colega e um patrão. Vestiam terno e gravata. Bentinho se sentia importante. O ambiente era silencioso, ninguém era muito de conversa. Nas folgas, Bentinho lia o evangelho, e todos ouviam com interesse a palavra de Deus. E era essencial para aqueles homens conhecerem a palavra do senhor, pois eles lidavam com a morte no seu dia-a-dia.

Certa noite de lua cheia, um jovem entrou com seu carro em um poste de luz a mais de noventa quilômetros por hora. Foi mandado para o Pronto-Socorro e em seguida estava na mesa da funerária, diante de Bentinho.

O estado do corpo era hediondo: o que outrora havia sido um rosto virara máscara roxa disforme com maxilar fora do lugar; um pedaço do antebraço estava faltando e, pelo jeito, desaparecido — a mão pendente por um fio. Mas havia algo mais horripilante e tétrico, causa de náusea e mal-estar a todos os presentes, Bentinho foi a exceção: o corpo estava dividido em dois pedaços, partido ao meio na cintura.

O pai do extinto era um médico famoso da cidade, o Dr. Onofre. Ele trouxe no colo a parte de cima de seu filho.

Naqueles casos, o apropriado era lacrar o caixão, porém, o pai insistiu de modo tão terrível e desesperado que todos temeram contrariá-lo. Debaixo da luz branca, Bentinho desempenhou a tarefa com precisão e sangue frio. Os movimentos de suas mãos ágeis e rudes acompanhados pelo olhar perdido do confuso Dr. Onofre. Para aquele pai, o mundo havia desabado, e ele estava caindo em um buraco negro sem fim e ia ficar caindo para sempre; mas para Bentinho, tudo aquilo era indiferente.

Concluído o serviço, o inconformado Dr. Onofre agradeceu com emoção ao impassível Bentinho pelo trabalho.

Bentinho levantou os olhos e, do nada, tornou a ver os três terríveis demônios. Eles estavam bem na sua frente, agarrados àquele triste homem.

J. SHANNON.
Coffins.

No. 212,273. Patented Feb. 11, 1879.

Fig. 1.

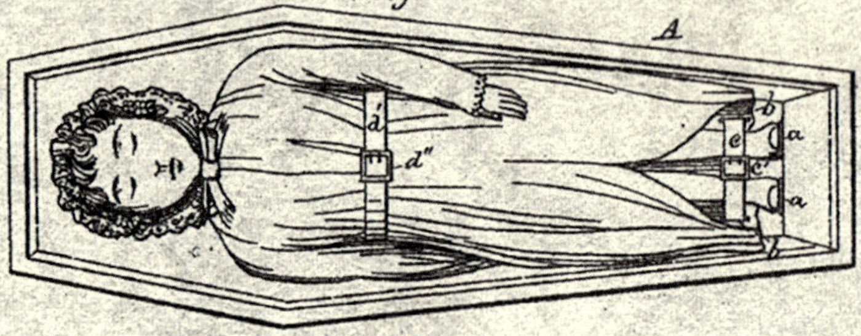

Fig. 2.

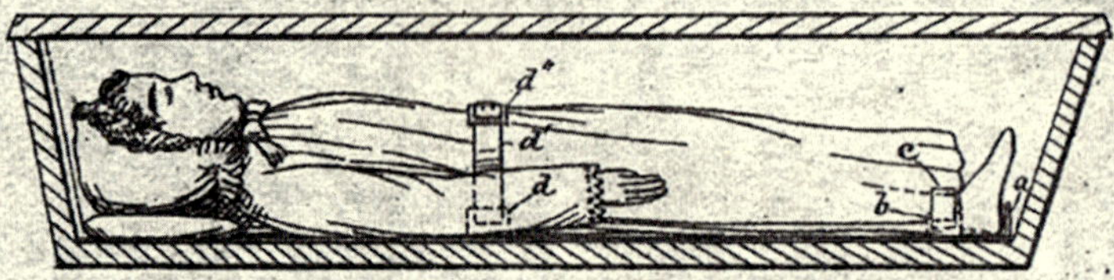

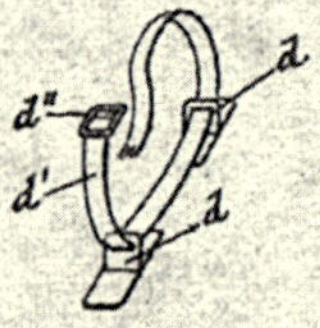

Fig. 3

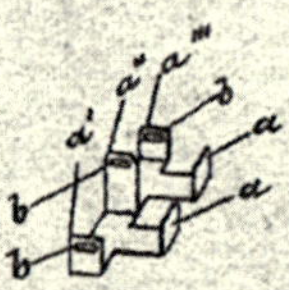

Fig. 4.

Witnesses:

G. B. Towle

H. A. Daniels.

Inventor:

James Shannon

by G. H. & W. T. Howard

Attorneys

A HIENA HUMANA

Esta história é inspirada em eventos reais.

Encolhido no canto da cela branca, assustado e atormentado está Geraldo, o prisioneiro.

Ele não aguenta mais um dia sequer naquela cela, naquela prisão. Geraldo chegou no limite de sofrimento que mesmo o ser humano mais forte poderia suportar. Está sendo assombrado por fantasmas.

Hoje é um dia especial para o prisioneiro. É o dia da sua audiência. Sua grande chance de se mostrar curado e arrependido de tudo e de ir embora de uma vez por todas daquele lugar amaldiçoado.

Para Geraldo não há tranquilidade um instante sequer, os nervos sempre à flor da pele, o coração batendo descompassado. Quando a porta da cela se abre, ele se sobressalta de medo.

Dois homens vestidos de branco como enfermeiros, que na verdade são seguranças, aparecem do outro lado da porta. Geraldo relaxa um pouco quando percebe suas presenças. Só que um vulto escuro passa furtivo no corredor por trás dos homens, e o pavor surge no rosto pálido de Geraldo.

Com a apatia da rotina, os parrudos enfermeiros levam Geraldo pelo corredor. Cada um o conduzindo por um braço. Ele vai de cabeça baixa, num passo lento e resignado.

No fundo do corredor, Geraldo percebe com o canto dos olhos figuras passarem, volta-se mais que depressa, em pânico, suando nas têmporas. Os enfermeiros olham eventualmente para trás e seguem indiferentes, andando na mesma passada.

O prisioneiro é conduzido a uma sala ampla e iluminada, onde há uma grande mesa de madeira no centro, na qual estão sentados três médicos, devidamente vestidos de branco. Afastado um metro mais ao fundo, sentado diante de uma pequena escrivaninha, está um padre. Mais ao canto há uma taquigrafista. A parede do fundo é decorada por um grande crucifixo e alguns quadros com motivos cristãos.

Geraldo se aproxima e é indicado a sentar-se em uma cadeira sem braços que está diante da enorme mesa.

Os dois enfermeiros anabolizados permanecem em pé, feito leões de chácara, um em cada lado da porta.

Doutor Cortez, sentado ao centro, com seus cabelos grisalhos e mais velho que os outros, é o coordenador da junta.

"Olá, Geraldo. Está bem?"

Geraldo segue em silêncio. Os médicos se entreolham.

"Bem", prossegue o doutor Cortez. "Estamos reunidos aqui para reavaliarmos o seu caso".

Um ruído sutil vem das costas de Geraldo que volta-se rápido, assustado, já imaginando um fantasma ou alucinação.

O médico ignora sua reação e segue falando:

"Aqui estão o Doutor Roger, o Doutor Cristiani...". Aponta respectivamente para cada um dos médicos, que jogam, cada um na sua vez, um olhar complacente para Geraldo. "... além da presença de Vossa Reverendíssima". Ele indica o padre sentado mais ao fundo.

O padre, que está a anotar alguma coisa em um bloco, interrompe suas anotações e levanta os olhos. Ao receber o olhar frio do padre, Geraldo baixa sua fronte.

O médico prossegue:

"Pois então, Geraldo. Eu quero que você nos conte sua história, em todos os detalhes, e responda nossas perguntas, para que a gente possa avaliar se você tem condições de voltar a viver com a sociedade".

Cada palavra dita é registrada ferozmente pela taquigrafista.

"O que você acha disso, Geraldo?"

Geraldo levanta a cabeça e pisca os olhos em meio a fundas olheiras arroxeadas.

"Eu acho bom. Acho muito bom."

"Então que tal começar do princípio."

Geraldo olha para os lados com desconfiança, respira fundo e se ajeita mais ereto na cadeira.

"Bem. Tudo começou naquela manhã, no município de Santa Maria. Na época eu servia ao exército. Houve um churrasco no sítio de um oficial e decidimos, eu e outro pracinha, voltar para o quartel a pé, atravessando o campo. Uma tempestade se formou e logo a chuva começou a cair com força, nos pegando desprevenidos. Então avistamos um pequeno cemitério ao longe e corremos para lá. A chuva caia ainda mais forte. Havia alguns carros estacionados em frente ao portão e as pessoas estavam dentro deles. Entramos apressados no cemitério. Eu percebi, à direita, dois homens ingressando rapidamente na pequena capela e fechando a porta. Um deles era...", ele hesita, olha embaraçado para o clérigo a sua frente: "... um padre."

O sacerdote, por sua vez, olha impassível para o prisioneiro, que prossegue com o relato, não sem um certo constrangimento.

"Meu amigo correu até um mausoléu escuro, coberto por um teto de telhas, que estava mais a frente. Ele gesticulava para mim. Aqui, aqui, ele dizia. Mas eu não escutava. Eu fiquei parado debaixo da chuva. Olhava fixo para uma cova desenterrada a minha esquerda e para a pá cravada no chão. Um enterro fora interrompido pela tempestade súbita e violenta, todos saíram correndo e deixaram o caixão na cova aberta. Então eu fui em direção à cova, parei ao lado dela e olhei lá para baixo.

Uma mulher jazia dentro do caixão, sendo banhada pelas fortes gotas de chuva que caiam. No instante que vi esta mulher morta, uma perturbação extraordinária tomou conta de mim e eu levei as mãos a cabeça e me encolhi num gemido."

Os médicos se olham com cumplicidade, como se compartilhassem um segredo entre si.

"O que se passou?", pergunta o doutor Cortez.

"Diante daquela visão vieram umas ideias terríveis, tive uma violenta dor de cabeça, meu coração batia com força, não me controlava mais. Meu amigo se aproximou e perguntou o que estava havendo. Me recompus como pude, a chuva forte batia no meu rosto, eu disse a ele que não era nada, falei para irmos embora.

Passou-se um tempo. A chuva acalmou e deu lugar a uma garoa fina. Inventei um pretexto, me livrei do meu amigo e voltei ao cemitério. Fui direto em direção à cova onde vira a mulher morta mais cedo. A cova estava coberta de terra, mas a pá jazia cravada naquela terra fofa que a enchia. Eu peguei a pá e comecei a cavar, tirando a terra que cobria a cova. Cavava sem cansar, obstinado. A pá bateu no caixão, e eu comecei a retirar a terra com as mãos. Então, eu abri o caixão, e a mulher morta estava lá dentro. E quando eu vi o cadáver, fiquei perturbado de novo e comecei a ofegar e suar frio. Então eu peguei o corpo da mulher de dentro do caixão, o arrastei para a superfície e o joguei no gramado que brilhava ao lado da cova.

Eu parei ao lado do cadáver, segurei a pá entre as mãos e, sem motivo, comecei a picar o corpo em pedaços com aquela pá. Eu não sabia ao certo o que estava fazendo. Era como se uma influência maléfica, uma força demoníaca me envolvesse, fazendo que eu perdesse o controle dos meus próprios atos, dos meus próprios pensamentos. Em cada pazada, uma expressão de raiva.

De repente, percebi que um homem caminhava pela encosta atrás do cemitério, no ângulo de visão. Eu me deitei no chão, ao lado do corpo em pedaços e esperei. E eu gostei de esperar deitado ali. O homem passou ao largo, e então, levantei, coloquei o corpo despedaçado de volta no caixão e tornei a cobri-lo de terra.

Depois, lembro que andei pelo campo em direção a um pequeno bosque. Parei diante de uma árvore alta, sentei na grama e me recostei no tronco. Repousei por várias horas, sobre as folhas e a grama molhadas, a despeito da fria chuva que caia, em completa exaustão. Quando eu levantei, parecia que meus membros estavam partidos, a cabeça fraca. Esse abatimento ocorria sempre depois dos ataques.

Dois dias depois, voltei ao cemitério. Era noite de lua cheia. Eu levei um pequeno machado. O portão do cemitério estava trancado, então pulei o muro e fui até o túmulo profanado. Só que desta vez a pá não estava mais lá. Então me abaixei e comecei a cavar com as próprias mãos. Cavava com fúria, minhas unhas quebraram, minhas mãos sangravam, mas eu não sentia dor.

Segui escavando a terra até minhas mãos encontrarem o caixão de madeira. Nesse instante, cavei com mais energia ainda, como que dotado por uma força extraordinária. Finalmente retirei toda a areia e consegui abrir o caixão. Peguei cada parte do corpo já esquartejado e joguei para fora da cova. Parei agachado ao lado do corpo mutilado e, sob o brilho do luar, saquei do machado e comecei a golpear ensandecido cada pedaço do cadáver da mulher, despedaçando mais e mais o que restara do corpo."

Os médicos cochicham alguma coisa entre si. Há um silêncio na sala. Geraldo olha para os lados, paranóico. O médico pigarreia.

"E seguiram esses ataques?"

Geraldo escuta algo suspeito atrás de si. Volta-se rapidamente num sobressalto. Nada vê, então, recompõem-se vexado.

"Não. Na verdade, não tive mais nenhum desses acessos por quatro meses. Até que fui transferido para Porto Alegre. Certo dia, caminhando pelas ruas que cercam o cemitério de São Miguel e Almas, a mesma sensação me acometeu, feito um dilúvio. Fui numa loja de ferramentas e comprei uma pá. Caiu a noite e fui até o cemitério.

Pulei o muro. Lá dentro, andava entre os túmulos, apontando com a lanterna para as lápides, como se escolhesse alguma sepultura em particular. Então eu parei. O foco de luz de minha lanterna apontou para uma pequena foto oval no centro de uma lápide de mármore. Era a foto de uma menina. Na lápide estava escrito: *Júlia Carolina Ribeiro * 02/06/2000 † 14/09/2007 Nosso anjo de pureza e amor.*

Saquei imediatamente da pá e comecei a cavar na cova de Júlia Carolina. Mais uma vez, escavava desenfreado, incontinente. A pá encontrou o caixão, e então, tratei de desenterrar a menina, a arrastando para fora da cova. Coloquei o cadáver da menina deitado no chão de pedra diante de mim. Olhei bem para ela e, num repente, comecei a cravar violentamente a pá na altura do abdômen do corpo da criança. Cravei e cravei até que parti a menina ao meio. Eu fiquei olhando para o corpo da criança separado ao meio e senti um prazer indescritível."

O padre pigarreia.

O médico se volta, e então, o padre arranca uma folha de seu pequeno bloco e entrega a ele, que tem de esticar o braço para trás para alcançar a folha.

O doutor Cortez analisa o conteúdo do papel, mostrando em seguida para cada um de seus colegas, que olham e balançam a cabeça, um depois do outro.

Geraldo agora já está mais encolhido na cadeira. O calor da vergonha esquentando as faces pálidas.

O médico volta-se para o padre e faz um leve aceno de cabeça. Então torna a olhar para Geraldo.

"Pois bem. Pode prosseguir."

Geraldo coça a cabeça e olha inquieto para os lados.

"Então os ataques prosseguiram, quase sempre nas noites de lua cheia. Certa noite, desenterrei o corpo de uma mulher que havia morrido em trabalho de parto e tinha sido sepultada há treze dias. Peguei uma faca e comecei a cavoucar no ventre dilatado do cadáver até que abri uma fenda onde conseguia enfiar as mãos. De dentro desta racha espantosa no ventre, arranquei o feto já em decomposição.

Mas, em outra noite, eu fui além. Invadi um mausoléu e, quando abri o caixão, me deparei com o cadáver de uma mulher em seus 50 anos. Eu estava munido de um facão afiado, me joguei sobre o corpo e comecei a fazê-lo em pedaços. A dilaceração foi incansável e furiosa, o corpo foi partido em dezenas de partes.

Me afastei do caixão e tirei a roupa, fiquei completamente nu, e então, me deitei dentro do caixão, junto com o corpo despedaçado. Lá dentro, rolei e me refestelei entre os fragmentos num êxtase sem fim."

O relato de Geraldo vai num crescendo de violência, ele está disposto a contar tudo, as coisas mais atrozes, mais doentias. O doutor Cristiani cochicha algo no ouvido do doutor Cortez que, ato contínuo, cochicha no ouvido do doutor Roger, que, por sua vez, cochicha de volta.

"Bem, acho que já ouvimos o bastante," diz o médico, ajeitando os óculos.

Geraldo baixa a cabeça com submissão.

"Só para deixar registrado que o prisioneiro confessou um total de 43 violações de cadáveres e todas essas violações foram precedidas de...", o doutor Cortez escolhe a palavra. "... atitudes como esta que o prisioneiro acabou de descrever."

A taquigrafista registra tudo com terrível rapidez.

Geraldo concorda de leve com a cabeça.

"E como os ataques terminaram?"

"Certa noite fui pego cavando diante de uma tumba. Dois guardas uniformizados. Saí correndo, e eles correram atrás de mim. Quando alcancei o muro e já estava lá no alto, fui atingido por um tiro. Caí no outro lado do muro, fora do cemitério, desmaiado na calçada, perdendo sangue.

Despertei na emergência do hospital. Um braço algemado na guarda de uma cama encostada na parede. Neste instante, ouvi gritos desesperados de um homem que adentrou na sala arrastado em uma maca. Soltava urros de dor. Ele estava sem a mão e um pedaço do braço. A perna também estava mutilada. O sangue jorrava aos borbotões. Fiquei apavorado, dei um grito e tentei me soltar inutilmente. Havia uma correria de médicos e enfermeiras pela sala para socorrer o acidentado que acaba de chegar.

Então, percebi um vulto estranho passando atrás de mim e me voltei para olhar.

A menina Júlia Carolina estava junto à porta, me olhando com seus olhos grandes.

O movimento de enfermeiras e auxiliares era intenso, eles atravessaram diante do meu campo de visão e, quando consegui avistar de novo a porta, a menina não estava mais lá."

Geraldo se remexe na cadeira, perturbado. Já está arrependido do que acabou de falar. Ele sabe que não pode dizer que enxerga os mortos se quiser sair dali.

Um clima de constrangimento se cria. Os médicos se olham desconcertados, não conseguem dissimular o estranhamento com as últimas palavras de Geraldo.

O doutor Cortez quebra o gelo e se dirige aos colegas e ao Padre.

"Bem, cavalheiros. Perguntas?"

"Geraldo, algum motivo especial para só despedaçar cadáveres de mulheres?", pergunta o doutor Roger.

"Apesar de ter desenterrado os corpos de alguns homens, não senti compulsão de mutilá-los."

O doutor Roger anota alguma coisa num bloco de papel que tem a sua frente.

"O que você gostaria de dizer a seu favor, para que possa voltar a viver em liberdade", pergunta o doutor Cristiani.

"O tempo em que eu passei no hospital fez com que eu compreendesse tudo que eu fiz. Eu vi pessoas morrendo. Hoje eu posso garantir que nunca mais vou ter um desses acessos."

"E como você pode garantir que não vai acontecer tudo de novo?"

"Porque eu estou curado. Hoje eu tenho medo dos mortos."

O doutor Cristiani olha para o doutor Cortez e concorda com a cabeça.

"Mais uma pergunta?"

Os doutores Roger e Cristiani se mostram satisfeitos. O médico volta-se para o Padre.

"Vossa reverendíssima?"

O Padre faz um gesto de negação com a mão.

"Pois bem. Está encerrada essa sessão de avaliação. Agora você volta para a sua cela e, em breve, receberá notícias."

Geraldo se levanta num salto.

"Não. Eu não quero voltar para a cela", diz sem muita confiança.

Os enfermeiros, que até então permaneciam imóveis, se empertigam.

"Entenda bem, Geraldo. Nós queremos te ajudar, mas existe um processo."

Geraldo olha para seus carcereiros e baixa a cabeça, resignado. Caminha devagar em direção aos dois homens. Um deles abre a porta, e eles conduzem Geraldo para fora. Os três saem e fecham a porta atrás deles.

Logo que a porta se fecha, os médicos voltam-se para o Padre, que termina de anotar algum apontamento.

"Meus senhores, trata-se de um caso muito singular e anômalo. Não acredito que comporte qualquer caráter de insanidade. Arrisco a dizer, isso sim, que aponta para uma espécie de possessão diabólica. De qualquer forma, o demônio que possuía este homem não está mais lá."

A taquigrafista anota as palavras do padre.

Escoltado pelos dois homens de branco, o prisioneiro caminha lento e cabisbaixo pelo corredor vazio e iluminado.

Então ele vê uma mulher de aspecto fantasmagórico passando ao fundo, atravessando o corredor em passinhos furtivos. Olha desesperado para os enfermeiros que seguem impassíveis, sem indicar qualquer sinal de haver visto algo de anormal.

Às costas dos três homens, outro vulto fantasmal rasteja. Geraldo volta-se assombrado, procurando por todos os lados. Com medo, ele diminui sua passada.

Os enfermeiros se olham desconfiados, e então, cada um segura um braço de Geraldo com mais firmeza, o obrigando a apressar o passo.

Chegam até a cela, a porta abre num rangido. Geraldo olha com desconfiança lá para dentro. Reluta, como diante de um precipício. Volta-se suplicante para os enfermeiros, que o indicam cordialmente para que entre.

Por fim, o prisioneiro entra, pé por pé, na cela vazia. A porta se fecha atrás dele, e o som surdo da batida o assusta. Ele olha para todos os cantos, ansioso e desconfiado, temendo pelo pior.

Vai lento até sua cama, senta-se cansado e coloca as mãos sobre os joelhos.

De repente, Geraldo começa a ouvir vozes vindo daqui e dali. Sussurros de mulheres chamando seu nome. Ele balança a cabeça com força, numa tentativa insana de silenciar as vozes malditas. Mas elas só aumentam. Ele se encolhe impotente na cama, as mãos cobrindo os ouvidos, os olhos cerrados.

Então, as vozes começam a cessar, somem devagarzinho até restar apenas um mórbido silêncio na pequena cela. Quando Geraldo abre os olhos, solta um grito de pavor. As mulheres que ele mutilou estão todas ali, paradas de pé em volta dele. A menina Júlia Carolina tão perto que quase toca o seu rosto.

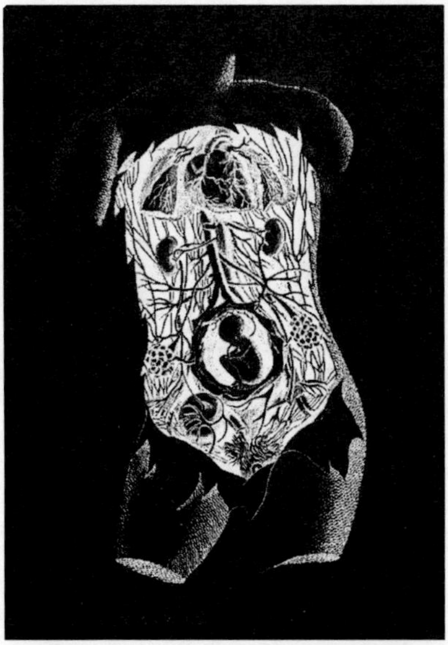

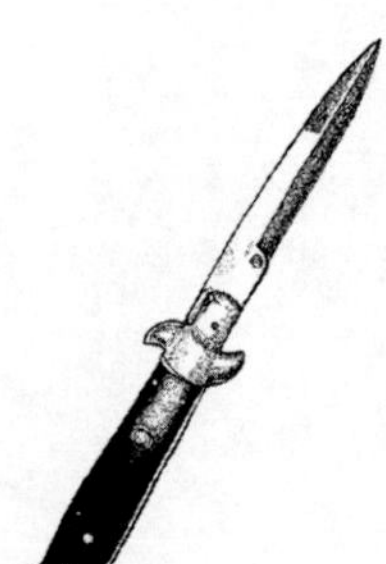

Parte II

ASSASSINOS

A CONVERSÃO

Linda, não é verdade?

A inconveniência veio acompanhada de hálito alcoólico.

Eu percebi quando você entrou aqui, atrás dela. E agora não desgruda os olhos, disse aquele homem com sua boca de passarinho com dentes.

E era a pura verdade. Peguei aquela corrida que dizia no destino: Igreja Universal do Reino de Deus; e então surgiu aquela mulher linda: Jandira, era a passageira.

Não tem cara de crente, essas tatuagens todas...

Mas ela era, problemas com drogas, tinha outra vida, mas agora seguia a palavra do Nosso Senhor Jesus Cristo. Então vim atrás dela, segui sim até a igreja, e Jandira sentou lá na primeira fila a rezar.

Veja bem, prosseguiu o desagradável sujeito, aqui é uma casa de Deus, uma casa de oração. Você é bem-vindo, jovem.

Obrigado.

Agora observe, jovem, todas as pessoas dessa sala. Observe bem cada uma dessas mulheres que aqui estão rezando devotadas. Veja se tem alguma cuja beleza chega sequer próxima a beleza de Jandira. Pode olhar!

Estávamos no estreito mezanino, lá em baixo, havia uma sala de paredes brancas e chão de lajotas brancas. O pastor, com sua cara amarelada banhada de suor, rezava no altar, que parecia improvisado e não era nada mais que uma bancada de pouco mais de quarenta centímetros de altura com uma cruz dourada fincada num estandarte. Em frente ao pastor havia dezenas de fileiras de cadeiras de plástico, todas ocupadas por fiéis. Ao fundo, algumas pessoas ficavam de pé. Todos cantavam com fervor um hino religioso que exaltava o Nosso Senhor Jesus Cristo. Examinei uma a uma todas pessoas que estavam no salão. Não é que o boca de passarinho tinha um ponto?

Fica evidente que ela é diferente aqui, tá vendo? Então a gente logo se pergunta: qual o babado?

Eu olhava para aquela figura asquerosa com o canto do olho, minha atenção estava em Jandira, e tentava afastar meu nariz o mais distante de seu bafo.

Eu sei qual é o babado dela, prosseguiu o sujeito, completamente sem noção. É a zona. A profissão mais antiga do mundo. Lá em São Paulo, na Boca do Lixo ela era conhecida e reconhecida. Ganhava muito dinheiro. Mas acredita? Largou tudo, virou crente. A gente vê isso toda hora aqui na igreja, a puta cansa da putaria, o drogado cansa da droga, o ladrão cansa do roubo, e aí que entra o deus esse dessa igreja aqui, entendeu?

Mas no caso dela foi diferente, não é que a imoralidade estivesse destruindo sua alma nem nada disso. Ela sempre gostou da sacanagem, aposto que ainda gosta, apesar da devoção toda à reza.

Jandira rezava com uma devoção feroz, os braços e as mão cobertos de tatuagens. Seus seios eram impressionantes e seus ombros desnudos eram belíssimos.

O caso dela foi que ela teve que fugir de um maníaco. Entendeu? Toda essa... essa conversão religiosa se deu por causa de um maníaco.

E começou assim, o sujeito viu ela passando na rua, ficou perturbado e a seguiu. Igualzinho a você, jovem desavisado. Só que ao invés de entrar em um templo, ela entrou numa... casa suspeita. Então foi lá que o maníaco começou a virar maníaco, porque até então, ele era um sujeito normal, normalíssimo. Mas ele ficou obcecado por ela, queria toda hora, queria ela pra ele.

E ela, má e cruel, não aceitava nada dele, como se o dinheiro dele valesse menos que o dos outros. O dinheiro dele não valia nada pra ela, ela cuspia no seu rosto. Mas, veja bem, o maníaco, por ser um psicopata, um degenerado, não desistiu. Nunca desistiu, nunca vai. Então, por isso, ela entrou pra igreja.

Porque, pensa bem, jovem, pra ver como ela é inteligente: não ia adiantar ela mudar de cidade e continuar na zona, compreendeu? Continuar no *game*. O maníaco ia acabar encontrando ela mais cedo ou mais tarde. Ela tinha que mudar de cidade e mudar de vida também. Então ela agora é crente, temente a Deus. Reza, condena o pecado, já arrumou até um noivo. Acredita? Mora há cinco meses em Porto Alegre e já arrumou um noivo. Ela é ligeira. Tem emprego, melhorou de vida, construiu uma vida nova com Deus, família e tudo por causa de um maníaco.

Nada como uma boa pressão de um maníaco pra gente... sair da zona do conforto, disse eu.

O asqueroso homem sorriu com seu bico dentado:

Agora, se você fosse o maníaco esse, você ia achar que você foi bom ou foi ruim pra ela?

Então no final das contas você, como maníaco, ou mesmo como pessoa, foi quem ficou de bandido na história, quando na verdade, a bandida era ela.

E como você acha que um maníaco, desses tipo psicopata, ia lidar com essa perda, reagir a essa injustiça?

Melhor eu cair fora, pensei.

E outra, meu jovem. Desses maníacos a gente não se livra assim tão fácil.

Pedi licença e sai de cabeça baixa, sem olhar para trás. Podia perceber ele me observando enquanto eu descia as escadas apressado.

Que história! Se aquele cara queria me assustar, ele havia conseguido. Mesmo assim, ou talvez por isso mesmo, Jandira não saia da minha cabeça. Fui até o carro, que estava estacionado quase em frente do templo, e decidi esperar.

Quase meia hora depois, eis que o culto chegou ao fim. Os fiéis iam saindo pouco a pouco, alguns carros chegavam para apanhar os passageiros, outras pessoas seguiam a pé pela avenida, mas não havia nem sinal de Jandira (ou mesmo do homem com boca de passarinho).

Uns dez minutos se passaram, o movimento se dissipou completamente e algumas luzes se apagaram no salão principal. A silhueta de um homem apareceu na entrada, projetou o corpo para fora e olhou atento para os dois lados da rua. Sob a fraca luz amarelada dos postes, reconheci o pastor e sua cara suada. Ele passou a chave na porta de vidro e sumiu lá para dentro.

Segui com a campana. Mais tempo se passou e então a silhueta de Jandira apareceu na porta de vidro. O pastor surgiu atrás dela e destrancou a porta.

Jandira saiu de lá como se fosse a Vênus saindo da concha de nácar. Uma Vênus de cabelos negros, mais escuros que a noite. Ela trazia à tiracolo uma sacola de vime que parecia bastante pesada. Deu uma rápida olhada pela rua e saiu caminhando devagar, ia séria e contida. Liguei o carro e emparelhei com ela. Quando ela me reconheceu, entrou pela porta de trás. Estava diferente de quando a havia apanhado na ida para o culto. Visivelmente mais leve e animada.

Estava me esperando? Eu vi você saindo da igreja. Parecia assustado.

Não é exatamente um ambiente que eu me sinto a vontade.

Mas ficou me esperando por quê? Não vai me dizer que você é um maníaco?

Lembrei da história contada pelo boca de passarinho com dentes e dei um sorriso meio sem graça.

Porque acontece, né? Essas coisas de maníaco perseguir a gente. Isso não é só no cinema e na televisão. Não faz muito aconteceu com uma amiga minha do culto, acredita? A guria começou a ser perseguida por esse cara, sabe? Esse maníaco. O cara não deixava ela em paz, onde quer que ela fosse, o sujeito estava lá. E era um tarado, um bandido perigoso.

Os olhos escuros feito um precipício me encararam pelo retrovisor com um brilho quente e mortal.

Minha amiga ficou com medo e mudou de cidade. Pra se livrar do maníaco, entende? Acontece que um tempo se passou e... pah!

Jandira bateu com as costas de uma das mãos na palma da outra.

Não é que o miserável encontrou ela aqui.

A gente não se livra assim tão fácil desses maníacos.

E o pior é que o maníaco, quando viu que ela tinha melhorado de vida, ficou mais louco ainda, mais doente. Se sentia injustiçado. Na cabeça do imbecil, ela devia a ele. Vê se tem cabimento?

Sua voz atingiu um tom feroz, como se tivesse tocado numa indignação genuína.

Polícia não adiantava chamar. Ela era noiva, mas o noivo... bom, ela tinha seus motivos pra não envolver o coitado do rapaz nisso. Então essa minha amiga decidiu que devia resolver a questão de uma forma mais... extrema. E definitiva. Como dizem por aqui: cachorro que come ovelha, só matando.

É, Porto Alegre é cheia de ovelhas e cães pastores.

Nesse caso era um vira-lata mesmo. Sei que ela fez um plano. Um plano simples. Violento até, Deus que me perdoe, mas, simples. Ela pegou um facão e afiou na pedra. Colocou o facão dentro de uma bolsa grande e foi ao culto. Ela sabia que o miserável ia aparecer por lá, fedendo a bebida e droga.

Dito e feito, quando chegou no templo, o maníaco já estava esperando por ela. Então ela foi fria e calculista. Participou do culto normalmente e, quando a cerimônia chegou ao final, se levantou e foi até o banheiro, não sem antes lançar um olhar provocante direto para o maníaco. Ela sabia que aquele homem era tão tarado que, mesmo parecendo uma armadilha, não resistiria a um olhar daqueles.

Ela entrou no banheiro e deixou a porta entreaberta. Então se escondeu no primeiro box e ficou esperando de pé, com o facão em punho. Pronta pra atacar. Dali onde ela estava, pelo espelho, ela enxergava a porta. Em seguidinha, uma sombra apareceu no vão da entrada e hesitou. Então a minha amiga começou a dar umas risadas: ah ha ha ha ha.

Jandira imitou as risadas.

Os pelos da minha nuca se eriçaram. A risada era assustadora e erótica ao mesmo tempo. Era dramático. Parecia coisa de filme de bruxa.

Devagarzinho, prosseguiu ela, o degenerado foi entrando no banheiro. Minha amiga só cuidando pelo espelho. Quando ele se aproximou o suficiente, ela saiu do esconderijo feito uma onça e tchum! Acertou com o facão na garganta do sujeito. Uma cascata de sangue começou a escorrer. Ele colocou a mão, desesperado, tentando estancar o sangue, mas ela deu outro golpe de facão no pescoço do infeliz, que acabou cambaleando pra trás e caindo sentado na privada. A camisa virada numa manta de sangue, os dois braços caídos pendidos pra baixo. Daí minha amiga acertou com toda força no outro lado do pescoço e... arrancou fora a cabeça do filha da puta, que Deus o tenha.

A história era exagerada e macabra, mas havia criado um estranho tipo de intimidade entre nós. Tentei aproveitar disso e, jogando todo meu charme, a convidei para sair.

Jandira mordeu o lábio, que era grosso e arroxeado como uma ameixa. Sem chance, gato. Sou comprometida. Casada não, noiva. Ela falava de um jeito calmo e inocente, mas havia uma agitação em seus olhos que me fez insistir.

Queria apenas tomar um café e conhecê-la melhor. Que mal havia?

Uma dúvida fraca e atraente aos poucos foi suavizando seus olhos. Ela passou a mão pelos cabelos e, em seguida, sacou um telefone celular de dentro da grande bolsa de vime e ficou fuçando um pouco no aparelho.

Me diz teu número que te dou um toque, disse rápida e decidida, inclinando-se para frente.

Falei meu numero, ela discou e meu celular tocou em seguida.

Pronto! Agora você já tem o meu telefone. Pela primeira vez, ela sorriu, e seu sorriso era encantador. Aqui! disse repentinamente, apontando para um beco estreito que formava um corredor entre duas casas. Freei de sola, e então ela desceu do carro e sumiu na escuridão do beco.

Eu estava nas nuvens. O motorista de aplicativo sai para trabalhar todo dia com o sonho de conseguir o telefone de uma passageira dessas. Apesar das histórias sinistras, Jandira era o tipo de mulher que valia a pena qualquer risco.

Na esquina da Bento Gonçalves peguei outro passageiro.

Ei, motora. Alguém esqueceu uma bolsa aqui.

Puxei a bolsa pela alça para o banco do carona e percebi que era mesmo pesada. Assim que larguei o sujeito no destino, liguei para Jandira. O telefone começou a tocar dentro do meu próprio carro. Mais especificamente dentro da grande bolsa de vime.

Abri a bolsa e vi a cabeça, iluminada pela luz do celular: os olhos quase saltando para fora do rosto, a boca de passarinho aberta num grito de pavor.

(No Model.) 2 Sheets—Sheet 1.

W. MASON.

REVOLVING FIRE ARM.

No. 250,375. Patented Dec. 6, 1881.

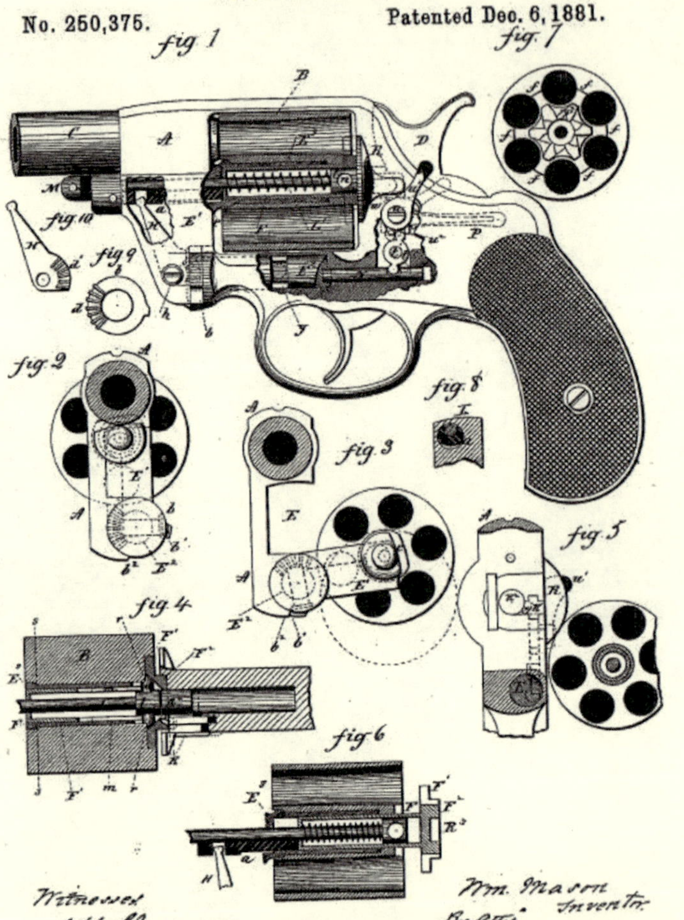

Witnesses

Wm. Mason Inventor

By atty

O CASO DO ASSASSINO DE UM TIRO SÓ

Todo dia o sangue lhe subia à cabeça; até que, não podendo mais suportar uma vida dessas, lançou-se resolutamente na carreira do mal...
Conde de Lautréamont

I

Começou era uma história de amor: João conhece Karen em um bar; ele violão e voz, ela na mesa com as amigas. Depois do show, um sorriso, uma cerveja. Em três meses estão morando juntos. João feliz, planos de filhos, casa própria — a paixão por Karen beirando às raias da idolatria. Aí, uma noite, batem à porta: polícia! João acusado de estupro. Na delegacia, a menina o identifica. Embarca no expresso da meia-noite direto para o Presídio Central.

Acontece que ele era inocente. Estava escuro, a menina em pânico nem viu direito — o estuprador era cabeludo e com tatuagem, João também. Imagina! Podia ter acontecido com qualquer um, porque ele era cem por cento inocente, um desses tantos enganos que ouvimos falar de vez em quando.

O ato de prisão foi apenas o começo do horror para ele, o pior ainda estava por vir. Para se ter uma idéia, enquanto ele dormia na cadeia, em companhia de assassinos e estupradores, a jóia de seu advogado casou com sua mulher. João ficou em cana sete meses. Só saiu porque o verdadeiro bandido, capturado, confessou.

No ônibus, voltando para casa, João, ainda apaixonado, planejava vida nova — apesar de Karen não mandar notícias há três meses. Chegando lá, a chave não entrava na fechadura. Tocou a campainha. Por trás da porta de grade: Karen com filho do advogado na barriga.

— Eu ia te contar, João, não tive tempo.

As coisas dele no corredor, separadas em duas grandes sacolas de plástico.

Então, primeira vez na vida, João teve vontade de matar, socar a barriga de Karen; dar um tiro em Karen, outro no advogado canalha, mais facada na barriga e tiro na barriga.

Não houve soco, tiro ou facada, ele juntou as sacolas e foi embora, o violão no ombro. Nada mais levou, pois nada mais tinha. Desceu cinco andares pela escada, o coração virado em ruínas.

II

Se foi a prisão, a desilusão amorosa, ou mesmo outras coisas, só Deus sabe. O certo é que João ficou diferente. Começou a beber o tempo todo: caipira, cerveja. Pouco se alimentava. Tornou-se taciturno, calado, solitário — sempre fora extrovertido. Sol nunca pegava, a pele branca feito fantasma. Mesmo comprovada a inocência, os amigos se afastaram. Parentes não tinha — órfão desde os quinze anos.

Com violão e bebida como únicos parceiros, seguiu trabalhando em bares e mudou-se para um apartamento de um quarto em bairro residencial. De madrugada caminhava cabisbaixo pelas calçadas do Centro da cidade entre mendigos que dormiam sobre as marquises e putas circulando na porta dos inferninhos. A mistura do cheiro de mijo e fritura impregnado nas narinas. João suava frio em meio a lembranças insuportáveis. Não se conformava com tamanha injustiça. De repente, por um engano fatal, uma coisa da qual ele não teve culpa alguma, sua vida foi jogada no lixo, e ele despencou em um abismo escuro e sem fim. Antes disso, era feliz. Ao menos, se considerava feliz, pois vivia com a mulher que amava. Mas perdera tudo num piscar de olhos e isso ele não conseguia aceitar. Havia se tornado um retalho de homem andando feito um morto com seu violão velho pelas ruas da cidade.

Tocava à noite, dormia de dia. Ao menos tentava dormir. Acontece que o vizinho do subsolo tinha um cachorro que latia sem parar. O tal vizinho saia todo dia para trabalhar às oito da manhã, era botar o pé fora de casa, e o cachorro maldito começava a latir. O cão habitava um patiozinho nos fundos do prédio, atulhado de restos de material de construção. O apartamento de João ficava logo acima, no primeiro andar. Grave e ritmado, o som dos latidos entrava pela janela e reverberava feito um trovão nas paredes amarelas do quarto. João não conseguia pregar o olho, os latidos incessantes perturbavam ainda mais sua mente, agravando seus pensamentos angustiantes e negativos.

No primeiro dia, uma segunda-feira, João foi à janela e gritou a plenos pulmões, xingando o animal — um labrador preto com o pêlo bem lustroso. Aqueles gritos só fizeram aumentar a fúria do cão e, por consequência, a intensidade dos latidos. Debruçado no parapeito, João ficou encarando o bicho, como quem olha para um abismo. Olhou fundo, meio que hipnotizado pelos grandes olhos escuros. Dentro do olho do cachorro, ele viu chamas sombrias ardendo com uma violência descontrolada. "O fogo negro", balbuciou, como se já fosse familiarizado àquelas chamas. Sentiu uma vertigem brutal e se segurou ligeiro no peitoril da janela com medo de despencar. Havia um magnetismo invisível que parecia puxá-lo para baixo. Então, João viu sua própria e assombrosa imagem refletida na pupila incandescente do animal. Um medo inexplicável, pavor fora do comum, dominou sua alma. Com a garganta apertada, fechou apressado a veneziana e afastou-se da janela. Nunca mais ousou olhar para o apavorante cachorro negro.

As noites, em companhia do violão e da bebida, eram tranquilas. Alguns reclamavam de seu repertório amargo. Ele resolvia os casos com dois, três sambinhas marotos. Mesmo deprimido e inchado pela bebida, ainda era atraente para as mulheres. Às vezes, uma garota pagava uma dose — sem futuro, na comparação com Karen, todas perdiam.

Pela manhã recomeçavam os latidos e os tormentos. João tinha certeza de que o cão latia de propósito para o perturbar, mesmo assim, fazia um esforço tremendo para ignorar os ladrados, tentava dar pouca importância a eles. Mas uma coisa havia se alterado em sua mente. Os pensamentos depressivos e cheios de autopiedade subitamente tornaram-se violentos e cruéis. Assim, toda vez que ele tentava dormir, se revirava na cama apenas com pensamentos malignos como companheiros: matar cachorro, advogado, Karen, bebê. Tinha ódio a todas as coisas, a toda humanidade.

Numa tarde cinzenta, ele especialmente perturbado, ocorreu um fato aterrador:

Os latidos atacando os nervos de forma insuportável, rebatiam nas paredes, entravam pelos seus ouvidos e chacoalhavam seu cérebro com a fúria de um monstro. Mesmo assim, João pegou no sono de repente. Dormiu de um modo que ele mesmo não perceberia que havia dormido não fosse pelo pesadelo. Envolto pela treva, ele rastejava em meio ao fogo negro: o corpo em chamas, a pele do rosto derretendo e se desfazendo em gosma. Então, acompanhado por uma mulher de longos cabelos negros, o demônio apareceu e disse para ele que tinha de comprar uma arma, sair pelas ruas e matar uma pessoa por dia; fizesse chuva ou vento, uma por dia. João muito sonhou com o diabo em criança, e no presídio a besta também frequentava seu sono, mas naquela tarde foi diferente, era como se fosse real.

Ao despertar, seguiu escutando os latidos, mas agora eles pareciam imitar a voz humana — era como se o cachorro estivesse tentando falar com ele. Concentrou seu ouvido e escutou nitidamente o cachorro dizendo: mate, mate, mate! Os latidos do cão, que antes soavam: au, au, au, agora, para ele, soavam: mate, mate, mate...

João não queria acreditar. Horrorizado, cobriu os ouvidos com as mãos e rezou: “Me ajude, meu Deus, o que eu mais temia está acontecendo. O diabo está tomando conta de mim.”

Porém, logo em seguida, sem que se desse conta, já não pensava nem sentia mais nada. Apenas se movia para cumprir a ordem do demônio — o fogo negro queimando no peito.

Mesmo inocente, João fez amigos no presídio. Foi fácil comprar uma arma. Três oitão. Fácil matar o primeiro. Ainda mais para ele, insensível, animado por uma força estranha:

João volta do bar, violão no estojo debaixo do braço, a mão no bolso segurando o três oitão. Vai decidido, sabe que quer matar. Um cara no ponto de ônibus sorri para ele. Um sorriso meio insinuante. João entende direitinho. O cara se aproxima e pede fogo. João tira o berro da jaqueta e incendeia o infeliz — tiro à queima-roupa na boca, a cabeça arrancada do corpo.

Em casa, o cachorro dizia: mate, mate, mate! Ele seguia com os assassinatos. Se revelou ás no gatilho: a moça no beco, vestido florido, bonita, de olho azul — implorou de mão posta e ganhou tiro no coração; o rapaz na beira da estrada, estudante, óculos de grau — baleado no estômago, morreu abraçado aos livros; o velho de terno e gravata tinha filhos e esposa — levou tiro no ouvido.

João matava com o coração batendo calmo. Assim foi, durante cinco meses: miolos espirrando no asfalto, flor vermelha crescendo no peito, gritos de pânico nas calçadas, arfadas de agonia procurando ar — um por dia, fizesse chuva ou vento.

A polícia em desespero não tinha pistas. Foi caso famoso, não lembra? Início dos anos noventa? O Pistoleiro da Medianeira, também conhecido como O Assassino de Um Tiro Só.

Certa manhã, o cachorro não se manifestou — nenhum latido ou chamado diabólico. João dormiu o dia todo, como fazia tempo não dormia. Naquela noite, saiu sem desejo de matar, deixou até a arma em casa.

O cachorro negro nunca mais latiu, João nunca mais matou. E foi tudo.

III

O vizinho e João no corredor do prédio. Domingo. Ele perguntou do labrador. O vizinho olhou com desconfiança.

— Envenenado! Alguém muito mau jogou carne e arroz recheados com anzóis e cacos de vidro.

"Será que o cachorro falava com mais alguém?", pensou João, tomado de pavor.

Naquela mesma noite João foi até a orla. Trazia o três oitão fazendo peso no bolso da jaqueta. Caminhou até a beira, até sentir a água escura molhando seus sapatos. Então apanhou o revólver frio e o arremessou com toda força no fundo do lago lodoso.

Morto o cachorro, enterrada a maldição — João recuperou a alma de volta. Aos poucos, foi retornando sua vida ordinária. O curioso é que não lembrava dos detalhes de seus assassinatos, como se parte de sua memória tivesse sido apagada, porém, sonhava o tempo todo com suas vítimas: o jovem estudante, a moça de vestido florido, o velho pai de família.

Evitava passar nos locais dos crimes, pois, quando desavisado passava num desses lugares, surgia uma lembrança, ainda que vaga, da violência de seus atos.

Anos depois, já casado com outra mulher, dois filhos e pagando prestação da casa, João vê um documentário na tevê: *O Filho de Sam*. Sobre famoso assassino, um desses serial killers. O cara tinha assassinado um monte de gente em Nova York. O surpreendente para João é que o Filho de Sam alegou que foi o cachorro do vizinho, um labrador negro, quem mandava ele matar, tudo sob ordem do demônio. Igualzinho como aconteceu com ele.

Porém, olha que curioso, no final do filme, na prisão, o Filho de Sam diz que inventou toda a história do demônio e do cachorro negro para alegar insanidade e não ser condenado à morte.

Mas com João não foi assim. No caso dele, era o demônio mesmo quem chamava.

FACA NA GARGANTA

"Abria os olhos e mais uma vez via e escutava a mulher e sentia pena dela, e nojo, e pavor de si mesmo. De novo fechava os olhos e de novo surgiam os demônios."
Liev Tolstói
Falso Cupom

Numa tarde de primavera, Thiago viu Deus. E Ele tinha um cachorro manco e louco, que trazia em guia curta. Da fuça do animal, espumava veneno.

Por vezes, Deus soltava a fera e provocava pânico em todos que O estavam adorando; um arranhão daquelas presas, a morte certa e o inferno.

Thiago admirava o prazer do cachorro em sua tarefa, mesmo velho, manco e louco, agradando seu dono. Deus o chamava com um assovio, e juntos riam dos miseráveis infectados que agonizavam a seus pés.

Um piscar de olhos, e Deus curou os poucos que mereciam viver — Thiago entre eles. Os demais se espalharam pelos círculos do inferno.

Tempos depois, Thiago viu o demônio. E esse demônio depravado era uma mulher, linda como a tempestade.

Tomou a atitude mais difícil na vida de um homem: abandonou casa, mulher, filha. Chegou ao ponto de roubar e matar. Deus, nunca mais.

A mulher essa jamais deu nada a ele. Para os outros dava tudo. Thiago só amiguinho, nunca, nada, nem beijo na boca, só pagava as contas.

Mas matar, ele matava: faca na garganta, bala na nuca. Nem lembra quantos, matou muito, era do agrado dela.

Já gostando de matar, foi preso. Ela o denunciou.

Na fuga desesperada, a quem procurou? A ex-mulher, casada de novo e com filho do outro. Um menino de cinco anos abriu a porta. Lá dentro, o cachorro rosnou de medo e raiva. A ex apareceu batendo porta na cara e chamando polícia.

Na rua, foi alcançado pela menina, doze anos no máximo, cabelo castanho escorrendo pelos ombros, aparelho nos dentes — a filha que não via havia oito primaveras.

— Maria? Cresceu tanto...

— Toma, é dinheirinho que economizei trabalhando de babá.

O dinheiro dentro de uma lata de biscoitos.

Aquilo foi de partir o coração, Thiago disse à pobrezinha que não podia aceitar. Então, experimentou uma estranha e inédita alegria — talvez ainda houvesse salvação para sua alma.

Mas, num átimo, o princípio hostil invadiu seu sangue, e queria matar e mais nada. Um grito de cólera brilhou no olho, ele puxou faca da cinta e apontou para a menina.

Ela o encarou com lágrimas nos olhos, a voz num fio:

— Papai... Como pode?

Thiago não suportou mais olhar para ela, ou escutar sua voz. Passou a faca na garganta de Maria, e ela morreu na calçada.

Súbito, chegou a polícia e começou a bater.

No presídio, a mulher aquela foi visitá-lo uma vez, só para rir e soltar fumaça na sua cara. Depois, nunca mais tornou a ver tal demônio.

Encontrou, porém, outras criaturas diabólicas naquele lugar. Demônios horríveis e diferentes, atormentando-o vinte e quatro horas por dia.

A filha apareceu em sonho, o pescoço degolado.

— Me perdoa, minha filhinha, perdoa?

Ela nada respondeu.

Thiago acordou na cela escura e lá ficou até apodrecer. No instante seguinte, estava sendo picado por nuvens de vespas no átrio do inferno.

O CAMINHO DO INFERNO

Depoimento (editado) captado em vídeo no ano de 1989 (transcrição):

Frances Paluzi Zachi — Defensora pública

"O Jaques, de uma forma bem curiosa, me escolheu como advogada, como defensora. Ele não falava com ninguém, e nem a Polícia, nem o Ministério Público, nem os médicos forenses conseguiam tirar algo dele. Um Defensor Público foi designado, meu colega, Dr. Carlito Cunha Barcellos, mas Jaques se negou a falar com ele, apenas entregou a Carlito um pedaço de papel com meu nome escrito. A Defensoria não costuma trabalhar assim, mas o caso era único, então veio até mim.

Logo perguntei a Jaques como ele havia chegado no meu nome e por que ele queria que eu o defendesse? Ele me olhou, ajeitou o cabelo com a mão e disse que tinha visto algumas sessões do tribunal do júri, porque se um dia ele fosse pego, já saberia o que fazer, e tinha ficado muito impressionado com a minha atuação. Ele me disse: 'Eu assistia o julgamento e pensava: se um dia eu for preso, quero que esta mulher me defenda'. (...)

Era realmente um caso desafiador, e eu pensei um zilhão de vezes em não aceitar, porque era grotesco e hediondo, mas... este é o meu trabalho, é o que eu escolhi pra minha vida e, eu acredito que de certo modo, este era um caso que eu como Defensora Pública e como mulher, *tinha* que enfrentar. (*silêncio*) Existia... existe uma conexão deste caso comigo.

Esse rapaz, essas coisas que ele fez, essas mulheres todas que ele matou. No momento em que ele apareceu com meu nome em um pedaço de papel, eu passei a fazer parte daquilo, e não podia fugir."

O relato que vem a seguir é um documento tão histórico quanto hediondo. Trata-se da transcrição de uma fita cassete da primeira parte da entrevista realizada pela defensora pública Frances Paluzi Zachi com seu então assistido, o assassino confesso Jaques Tigre, em 23 de agosto de 1988 na cidade de Porto Alegre. A pedido do acusado, esse documento em áudio não fez parte do processo criminal. Recentemente seu conteúdo foi enfim disponibilizado.

Entrevista com Jaques Tigre realizada pela defensora pública Frances Paluzi Zachi

FITA N#1 Lado A

FRANCES ZACHI

"Hoje é 23 de agosto de 1988, eu sou a doutora Frances Paluzi Zachi e estou aqui com meu assistido senhor Jaques Tigre que se propôs a fazer este depoimento. Pois bem, Jaques, por onde tu queres começar?"

JAQUES TIGRE

"Me diz a senhora, doutora... Eu não sei o que a senhora quer que eu fale."

FRANCES ZACHI

"Eu quero que tu fique a vontade pra falar o que tu quiseres, as coisas que tu acha importantes que sejam ditas."

JAQUES TIGRE

"Pois é, não sei muito por onde começar. Acho que não sou bom em contar histórias."

FRANCES ZACHI

"Pode começar por onde quiser, a história é tua. Mas assim, toda história tem um começo, depois o meio dela e aí o final. Talvez facilite começar pelo início?"

JAQUES TIGRE

"É que no caso a minha história ela tem começo, isso é verdade, mas ela ainda tá no meio, falta um bocado pra chegar no final." *(risos)*

FRANCES ZACHI

"Que tal tu contar como foi tua infância?"

JAQUES TIGRE

"Minha infância? Caramba, quando a doutora falou em começar do início não achei que fosse tão longe. *(risos)* Minha infância foi boa. Eu era um guri saudável. Meio esquisitinho, mas não era louco nem nada. Tive uma infância normal. Eu sempre tive problema com a minha mãe. Desde que eu me conheço por gente, a minha mãe me batia. (*pausa*) Minha mãe era uma vagabunda. Meu pai era um cara legal, era um bom pai, mas minha mãe era uma cadela. E tinha essa mania de me bater, esse hábito. Me esbofeteava na cara, na frente de todo mundo, me humilhava."

FRANCES ZACHI

"Tu odiava tua mãe então?"

JAQUES TIGRE

"Eu não sei se odiava. Acho que não odiava, sentia raiva dela as vezes, quando ela me batia, ou levava homens lá pra casa. Mas a maioria das vezes eu era indiferente a ela. A gente não se dava bem."

FRANCES ZACHI

"E o seu pai?"

JAQUES TIGRE

Meu pai era tranquilo. Tinha problemas de alcoolismo. Acho que eu herdei isso dele. Ele se matou, coitado. Ateou fogo no próprio corpo. *(silêncio)*

FRANCES ZACHI

"Tu ti..."

JAQUES TIGRE

(interrompendo) "Do lado da nossa casa tinha um terreno baldio. A gente morava ali na Glória, lá em cima. A mãe tinha levado um homem lá pra casa. E eu sai e fiquei no pátio, não gostava de ver aquilo. Daí eu reparei que tinha alguém ali no terreno, um vulto, tava escuro. Eu fiquei curioso assim, com aquilo. Corri pros fundos do pátio, ali tinha um furo na cerca e eu passei. E fui bem quieto assim, por trás do cara. Ele não me via e ele tava se mexendo de um jeito estranho. E eu escutava um barulho de água pingando assim. Aí quando eu fui chegando mais perto que eu vi que era o pai ali, e ele tava jogando um líquido assim, nele mesmo, se banhando. Eu senti o cheiro de gasolina e o pai jogou uma coisa longe, no chão, era o galão, no caso e... ele pegou uma caixa de fósforos e daí eu já tinha me aproximado mais, já tava assim de lado pra ele. Mas pertinho, coisa de um metro. E eu vi que ele pegou o fósforo e riscou. Ele jogou o fósforo fora, pegou outro e riscou. Mas de novo não acendeu. Daí que eu entendi o que tava acontecendo, e ele já tinha pego o terceiro fósforo e, bem na hora que ele ia riscar na caixinha, eu gritei: pai! E na mesma hora que ele se virou pra mim,

ele pegou fogo."

(silêncio, acende um cigarro)

FRANCES ZACHI

"E o que tu sentiu na hora?"

JAQUES TIGRE

"Eu não lembro direito o que eu senti. Lembro que eu achei lindo, o fogo. (*fuma*) Mas tinha os gritos, era angustiante. O pai era o tocha humana da revistinha em quadrinho, e girava assim, se batendo. Mas foi rápido. Quando vi já tinha caído no chão todo encolhido. Ficou queimando um tempo, ninguém chegou pra apagar, só tava eu ali. Depois ficou tostado, preto que nem carvão." (*fuma*)

FRANCES ZACHI

"E tu não chorou, não gritou?"

JAQUES TIGRE

"Ah, isso eu não lembro. Mas acho que não. Nunca fui muito de chorar. Que eu lembre eu fiquei só olhando. Observando o corpo queimado. Era uma coisa diferente."

FRANCES ZACHI

"Já chorou alguma vez?"

JAQUES TIGRE

(*fuma*) "Não que eu lembre."

FRANCES ZACHI

"E isso... a morte do teu pai... isso te perturbou? Fez tu ter algumas ideias estranhas?"

JAQUES TIGRE

"Ideias de crime? Não. Eu nem pensava em crimes nesta época, como te falei, minha infância era normal." *(fuma)*

FRANCES ZACHI

"Isso foi depois ou antes daquela tua acusação de abuso contra um menino? "

JAQUES TIGRE

"Depois... quer dizer, foi antes eu acho. É, foi antes, com certeza foi antes."

FRANCES ZACHI

"Quer falar sobre este episódio?"

JAQUES TIGRE

"Não. Na verdade, não. Não tem nenhuma relação com a história do meu pai. Esse caso não foi nada demais na verdade. Fizeram um carnaval em torno." (*fuma*) "O guri esse, o Vaguinho, o guri era putinho, todo mundo comia o guri."

FRANCES ZACHI

"Mas ele não tinha sete anos?"

JAQUES TIGRE

"Não sei que idade ele tinha. Quem se importa? Naquela época era assim, os maiores comiam os menores, era natural. (*fuma*) Tinha um cara, o tal do Paulista, que tava sempre com esse Vaguinho pra cima e pra baixo. Daí a molecada começou a desconfiar, aí tem coisa, colocaram o Paulista na parede e ele confessou que tava comendo o Vaguinho. (*num tom exaltado*) Então se tinha que ter alguém que tinha que ser processado era o Paulista esse vagabundo. *(pausa, fuma, retoma o tom normal)* Resultado: todo mundo quis comer o guri, a gurizadinha da rua ali. E o pessoal... o pessoal se revezava, um comia um dia , outro no outro. As vezes iam dois comer. Foi isso daí que aconteceu. *(fuma)* Eu só tive o azar de que, justo naquela noite, o pai dele entrou no quarto e viu o flagrante: eu comendo o cu do filho dele. (*ri soltando fumaça*) Por isso toda confusão. Um pai chocado... pff! Não tinha porque fazer todo esse estardalhaço. O guri gostava, entende? Numa boa, essa história é muito chata."

(*fuma e apaga o cigarro*)

FRANCES ZACHI

"A gente não precisa falar dela."

JAQUES TIGRE

"Melhor." *(pega a garrafa d'água, serve no copo soltando uns murmúrios e bebe)*

(*um longo silêncio*)

FRANCES ZACHI

"Vamos voltar na morte do teu pai. Tu tinha quantos anos? Como ficou tua vida depois que teu pai morreu?"

JAQUES TIGRE

"Piorou. Piorou demais. Eu tinha uns treze anos. Minha mãe arrumou um macho, o Paulo, um velho metido a besta que me batia sempre que tinha uma oportunidade e adorava me dar show de moral. Moral de cueca, saca? Dizia que eu tinha que trabalhar e ele mesmo era um vagabundo, um cachorro (*faz uma pausa*). Não sei o que ele fazia da vida, dizia que era segurança, mas na verdade passava o dia abostado no sofá.

FRANCES ZACHI

"Mas o que por exemplo ele te fez de mal?"

JAQUES TIGRE

"Por exemplo? Por exemplo... (*acende o cigarro e fuma*) A gente se mudou pra uma casa ali na Medianeira. Tinha um murinho baixinho na frente de casa que era bom de ficar sentado. A gurizada se reunia ali na frente e passava o dia vadiando. *(fuma)* Daí tinha uma brincadeira que a gente fazia, uma coisa que eu inventei: a gente cuspia todo mundo no mesmo lugar, no chão; então era uma turma de seis, sete moleques a tarde inteira cuspindo ali; no fim do dia, tinha uma poça de saliva e catarro desse tamanho. *(fuma e ri)* Era nojento, mas a gente se divertia. Coisa de guri. A mãe me avisou que não queria mais saber daquilo, que a próxima vez que visse aquela nojeira, ia esfregar minha cara na poça de cuspe. Mas a gurizada ignorou o aviso, é claro, e continuou com a brincadeira. Então um dia a mãe chegou em casa e deu de cara com aquela poça gosmenta na calçada. Aquilo parecia um vômito. Ela começou a gritar e me xingar de tudo, disse que tinha me avisado, que eu era isso e aquilo, enfim, tentou me humilhar na frente dos meus amigos. *(fuma)* Quando eu vejo, de dentro de casa vem o meu padrasto com sangue nos olhos. Não deu tempo de correr, ele me segurou pelo braço. 'Que qui tua mãe te falou, traste?' Ele me imobilizou e me segurou pela nuca assim, ó. E então ele esfregou minha cara na catarreira toda, na frente dos meus amigos. (*fuma*) Tá bom este exemplo pra senhora?

(*silêncio*)

Só que depois a mãe acabou engravidando desse filho da puta e nasceu minha irmãzinha. (*fuma*) E até que melhorou minha vida, logo que nasceu a Soninha, porque daí largaram do meu pé. entende? Eu pude me aprofundar mais em mim, na minha própria solidão. Me voltar mais pra mim mesmo. Mas ainda assim, não tinha jeito, quando esse cara se mudou lá pra casa, eu vi que ia dar merda, que a coisa não ia acabar bem." *(fuma)*
FRANCES ZACHI

"Não ia acabar bem como?"

JAQUES TIGRE

"Em morte. Que ia acabar em morte. Porque foi justo quando minha mãe casou de novo que eu comecei a ter essas ideias de morte, entendeu? Que eu comecei a pensar no demônio. (*fuma*) Sei lá se foi porque eu vi o pai morrer, que eu tinha essa mania de imaginar todo mundo morto, cada um de um jeito diferente. Eu sempre fui muito criativo. Eu ficava pensando toda hora nas diferentes maneiras de matar uma pessoa. E no fim das contas, se pensar bem, foi uma coisa praticamente inevitável, minha mãe era uma puta, o Paulo um olho do cu, por isso que eu matei os dois." *(fuma e apaga o cigarro)*

(silêncio)

FRANCES ZACHI

"Matou? Tua mãe?"

JAQUES TIGRE

"Sim. Atirei nela."

(silêncio)

FRANCES ZACHI

"Como foi isso?"

JAQUES TIGRE

"Veja bem... doutora. É uma história complicada, que eu nunca contei pra ninguém, porque, depois daquela noite minha vida mudou completamente. Aquela noite eu comecei a trilhar o caminho do inferno.

(longa pausa, silêncio)

O complicado dessa história é que ela é difícil de contar. Porque ao mesmo tempo que tudo de importante aconteceu no mesmo dia, já tinha sinais que estavam... adormecidos, digamos assim. Estavam... como é aquela palavra... incubados. Então naquele dia houve uma conjunção de fatores que desenfreou numa espécie de... explosão de fúria e, enfim, uma coisa foi levando a outra, entende? E eu acabei entrando num abismo sem retorno, num vórtex. Mas o curioso é que, sem saber, naquele dia eu comecei a me conectar com um lance altamente profundo. Uma coisa que tava latente no meu íntimo. Foi o princípio, o ponto catalisador do descobrimento do meu verdadeiro eu. De quem eu sou de verdade. Porque, doutora, a minha história não é nada mais nada menos que uma história de uma pessoa diferente, entre as tantas pessoas diferentes que existem, que pelas circunstâncias de vida acabou descobrindo o... vamos dizer assim, descobrindo as coisas que dão sentido pra vida, que dão prazer em viver."

FRANCES ZACHI

"Prazer ou sentido para a vida?"

JAQUES TIGRE

(pensa)

"Como é bom falar com uma pessoa inteligente. Que diferença! *(pausa)* Eu diria que um pouco de cada um. As vezes eu acho que as duas coisas se assemelham. Digamos assim, se a gente achar que o sentido da vida é ter prazer, as duas coisas viram a mesma. Bom... eu não quero ser dissimulado, vou contar coisas pra senhora que tenho consciência que são maldades, acontecimentos que são terríveis se analisados sob a perspectiva da sociedade, ou pela a letra fria da lei. Agora pensa comigo, doutora. Eu sei muito bem o que é considerado o normal, o ético, o moral.

Mas o que a sociedade nos apresenta não é também pura maldade? Desde que me conheço por gente eu vivi sob as leis da selva de pedra, tratado como um rato. Por ser pobre, por ser filho de uma puta ordinária.

(pausa, acende um cigarro)

Uma pessoa normal se sente culpada se mata outra pessoa. Nem que seja na hora de... se livrar do corpo, ou no outro dia. Mas o fato é que eu nunca senti remorso algum. De verdade. E acredito que nunca vou sentir. Nem mesmo quando estrangulei minha irmãzinha, que era apenas um bebê.

(*silêncio*)

Nem mesmo ali, eu tive remorso. (*fuma*)

Sabe que eu nunca fui um cara religioso. Nunca acreditei em nada, nem em deus nem no diabo. Nem horóscopo, nem espírito, nem cartomante. Mas eu lhe pergunto, doutora, a senhora acha que um homem pode se realizar plenamente na vida sem ter uma crença?"

FRANCES ZACHI

"Cada pessoa vive sua vida do seu jeito..."

JAQUES TIGRE

"Mas a senhora, doutora?"

FRANCES ZACHI

"Eu acho importante a gente ter fé."

JAQUES TIGRE

"Exatamente, doutora. Fé. Genial! Esta é a palavra. (*fuma*) E tá aí uma coisa que eu nunca tive na minha vida. Fé. Mas *neste* dia fatídico, eu me vi obrigado a acreditar que... existem forças secretas, que movem as coisas por trás. A senhora vai ver, doutora, eu vou contar tudinho. E algumas coisas são tão terríveis, que a conclusão final não vai ser outra senão de que... tudo é obra do demônio. Do tinhoso. *(ri)* Não vai ter outra explicação. Ou a senhora acha que esses crimes atrozes e desumanos, quando acontecem, o diabo não está por trás de tudo? *(fuma)*

Mas veja bem, doutora, é por isso que eu falei que essa história é difícil de contar, assim... pra não ficar nenhum mal entendido, compreende? Eu não tô dizendo que foi o demônio quem me obrigou ou me levou a fazer as coisas que eu fiz. Quero deixar isso bem claro. O que eu to querendo dizer é que... era mais ou menos como se ele estivesse ali do lado olhando tudo."

FRANCES ZACHI

"O diabo te motivava a fazer..."

JAQUES TIGRE

(interrompendo)

"Não! *(fuma)* Tudo o que eu fiz foi por minha conta. Sempre motivado por... prazer. Pelo prazer de matar e, principalmente, de usufruir dos corpos. Quase sempre, na verdade. As vezes foi só pra livrar a minha cara. Outras até meio acidentais. Mas o importante é esclarecer que tudo que fiz foi em plena consciência da minha responsabilidade. A parte do diabo é que, o que eu quero dizer, é que... ele tá por trás desse tipo de crime, que envolve morte violenta. *(fuma, ri soltando a fumaça)* Porque é engraçado essa coisa... mística, religiosa, sei lá como chama. Que envolve o diabo no meio, digamos assim. Porque eu nunca, juro pra senhora, nunca acreditei em nada e justamente naquele dia fatal foi quando eu vi com meus próprios olhos uma coisa que eu nunca tinha visto."

FRANCES ZACHI

"O que aconteceu naquele dia?"

JAQUES TIGRE

"Ah, aquele dia iniciou uma nova vida pra mim. *(fuma e apaga o cigarro)* Mas tudo começou antes, lá atrás, quando minha mãe se casou e a gente se mudou pra Medianeira. Esse... desejo de matar. Esse pensamento estranho, recorrente. Sabe quando tu olha a pessoa e pensa em matar ela? Talvez não saiba, né, doutora? (*ri*) Mas eu sei... sei bem como é. Porque todo santo dia, quando eu acordava de manhã, eu tinha vontade de matar aqueles dois."

FRANCES ZACHI

"Tua mãe e teu padrasto?"

JAQUES TIGRE

"Isso! E também eu pensava muito na morte em si, entende? Cada vez mais eu começava a achar que uma boa forma de resolver meus problemas seria matando as pessoas. Mas meu grande medo era ser pego. (*pausa, bebe água*) Aquele dia começou antes na verdade, começou na noite anterior, que eu sai com um pessoal, a turma do colégio. Eu tinha dezessete anos. Daí sai com essa gurizadinha e a gente bebeu. Mas bebeu feito bicho, bebeu até o dia clarear. Naquela época, eu não estava acostumado a beber. Acho que foi o maior trago que já tomei em toda minha vida. Bom, peguei uma carona até o campo do Grêmio e dali eu fui a pé pra casa que era pertinho. E o que aconteceu então foi que, passando um pouco o estádio, eu vi uma mulher fumando um cigarro, toda de preto, assim, quase na esquina. Uma mulher alta. Olhando meio de longe ela parecia muito linda e gostosa assim. E quando eu cheguei mais perto vi que era mais linda ainda: a pele bem branca que chegava a dar pra ver as veias, o cabelo liso preto e os olhos escuros. Quando eu passei ela disse: 'quer fazer uma brincadeirinha?' Ela tinha uma voz suave, quase musical. Eu parei pra conversar com ela e ela era insinuante, sabe? Passava a mão nos meus cabelos, se enroscava em mim. Daí eu vi dois vagabundos saindo de dentro de um terreno baldio — um negrão bem alto e um outro branco mais magro. Quando eu vi aqueles caras se aproximando, achei muito estranho, mas na mesma hora a mulher me disse: 'é tranqüilo, eu conheço esses caras'. Mesmo assim meu instinto na hora foi correr. Então a mulher me segurou pelo pulso com muita força, com uma força que... não era normal pra uma mulher. Eu puxei o braço, mas não consegui me livrar. E eu olhei pra ela e o rosto... tava transformado. Era um outro rosto. Ele ficou maligno, assustador. *(Acende o cigarro e fuma)*

Eu chego a me arrepiar, olha! (*pausa*) Tá vendo? Eu não sei se foi uma coisa na expressão dela, no jeito... perverso que ela riu — porque ela riu alto — , se foram as presas que pareciam de vampiro, ou a voz grossa de homem, mas naquele momento, eu, que nunca tinha acreditado em nada, pensei sem nenhuma dúvida: é o diabo. *(fuma)* Porque não é uma questão de acreditar ou não, quando o diabo parece a gente sabe. Então veio uma chuva de socos e pontapés e eu apaguei. Quando eu acordei, tava ainda naquele estágio entre a consciência e a inconsciência, a mulher essa tava olhando pra minha cara, bem de pertinho, e ela me falou com uma voz que parecia a do filme *O exorcista*, sabe aquele filme? Quando a menina fala com a voz do demônio? Pois era igualzinho. *(fuma)* Eu nunca vou me esquecer o que ela me disse: 'Enquanto tu não criar coragem e matar, tu sempre vai ser um merdinha. Seja homem! Tu tem uma missão. Tua missão é matar.' E ela me falou isso e, em seguida, me enfiou a botina na cara e eu desmaiei de novo."

FRANCES ZACHI

"Não teria sido um sonho?"

JAQUES TIGRE

"Sonho? Pensa que não pensei nisso, doutora? Bem que eu queria que fosse um sonho."

(silêncio, ele fuma)

FRANCES ZACHI

"Tem jeito de sonho pra mim."

JAQUES TIGRE

"O que eu sei foi que acordei e o sol já ia alto no céu. *(fuma)* Eu só de cueca, todo ensanguentado. Os vagabundos roubaram tudo que eu tinha. O que não era grande coisa na verdade. Fazia calor — isso foi no verão. Me arrastei até em casa, todo machucado, encolhido que nem um cachorro corrido. Ficava pensando naquela coisa que a mulher tinha me falado. Aquele negócio de missão. As pessoas da rua, os vizinhos, me olhavam com pena e nojo, como se eu fosse um doido varrido, um retardado. Entrei em casa, fui na cozinha beber um copo d'água (*bebe a água*) e em seguida apareceu minha mãe e começou a me encher o saco, me xingar. *(fuma)*

Agora pensa bem, doutora, que tipo de mãe que quando o filho chega em casa todo estropiado, ao invés de ir ali e cuidar dele, começa a xingar e encher o saco? Começou um bate-boca e ..."

A gravação é interrompida

Entrevista com Jaques Tigre realizada pela defensora pública Frances Paluzi Zachi

FITA N#1 Lado B

FRANCES ZACHI

"Muito bem, dando prosseguimento. Sou a doutora Francis Zachi Paluzi e este é o depoimento do meu assistido Jaques Tigre, parte 2. Ok, Jaques. Como tu estavas dizendo, tu e tua mãe estavam tendo uma discussão na cozinha."

JAQUES TIGRE

"Sim... Bom, não me pergunte o que foi dito, porque eu realmente não me lembro, só lembro que numa certa altura da discussão ela me esbofeteou. Bateu com raiva na minha cara. Ah, eu peguei ela pelos cabelos e sacudi ela, girei assim e soltei-lhe uma concha na orelha. *(fuma)* Ela caiu gritando por cima das cadeiras e derrubou a louça de cima da mesa. Eu sai ligeiro de lá e corri pro meu quarto. Era aquela gritalhada dos infernos na cozinha, e eu vi que o Paulo passou bufando pelo corredor, e aí eu já peguei um taco de beisebol que eu tinha e segurei assim ó, com as mãos pra trás assim, e fiquei esperando ele. Não deu nem dez segundos... não, nem... quatro segundos, e ele apareceu. Mas entrou no meu quarto feito uma vaca braba. Veio pra me matar, né? *(fuma)* Eu dei-lhe uma na ponta do queixo assim, vuuup, de baixo pra cima, sabe? Ele cambaleou pra trás, bateu com as costas na parede e veio assim pra frente, meio grogue, com a cabeça abaixada. Daí dei-lhe de cima pra baixo na nuca. Fez aquele barulho: crack. Aí arriou, o querido. Partiu a cabeça que nem uma noz. *(fuma e dá uma leve risada)*

E eu saí até o corredor e minha mãe apareceu na porta do quarto dela apontando o ferro pra mim. Eu me abaixei por instinto e ela atirou na mesma hora. Corri pro quarto da Soninha, me escondi atrás do berço e peguei o bebê e coloquei na frente do meu peito assim ó, como um escudo. Ela entrou no quarto pra me matar, mas quando viu eu ali com o bebê desistiu de atirar. Ficou apontando a arma e dizendo: 'solta ela'. *(fuma)* Eu joguei o bebê pro alto assim, com força, na direção dela, de forma que ela teve que estender os braços pra pegar a Soninha no ar e, na mesma hora, eu me atirei pra frente e agarrei no braço dela, e daí arranquei a força o ferro da mão dela. Eu apontei o ferro, e ela se abraçou na Soninha toda encolhida e começou a berrar desesperada: 'Por favor, não faz mal pra ela!' *(fuma)* Sabe o que eu acho... engraçado? Engraçado não, irônico. É que, um minuto antes, ela tava atirando em mim com um 38 sem a menor hesitação e, quando eu tomei o ferro dela, ela começou a agir como se *eu* fosse o próprio satanás. E o mais incrível é que... ela tava certa. *(fuma)* Mas aí eu me pergunto: como foi que ela percebeu? Só pode ter sido o tal do instinto materno, eu acho. Eu fico muito intrigado toda vez que eu penso nisso. Parecia que ela já tinha adivinhado tudo que ia acontecer. Que ela sabia. Amor de mãe é algo maravilhoso. *(ri soltando a fumaça)* Sei que na hora eu ordenei: 'coloca ela no berço'. *(fuma)* Toda apavorada a mãe obedeceu e largou com todo cuidado a Soninha na caminha dela. Depois ela me olhou com uma expressão implorante. Daí eu atirei naquela cara de vagabunda dela. Da minha mãe. A cabeça estourou e foi pra trás e bateu num ventilador que tava ligado. Voou sangue e pedaços de cérebro pra tudo que é canto. *(fuma)*

A Soninha pobrezinha chorava, eu limpei meu rosto e comecei a escutar um ruído esquisito vindo assim, fora da peça, vinha lá do meu quarto – um som de gemido e tosse. Fui até lá e o saco de bosta tava se arrastando no chão com a cabeça rachada. Parecia um... sei lá... um sapo gigante agonizando. Um sapo-boi. *(ri divertido)* Ele olhou pra mim e saia uma baba da boca dele. Uma baba de sapo. Na hora me deu uma ânsia de vômito. Era nojento. Atirei na cabeça, assim, no coco. Páh!

(longa pausa, fuma)

Eu sentei ali e ficava tentando raciocinar, tentava pensar no que eu tinha que fazer pra resolver aquela situação. Acontece que a Soninha, a minha irmã, não parava de chorar. E aquele choro inundava o ambiente, tomava conta de tudo. Era enlouquecedor. *(fuma e, em seguida, apaga o cigarro)*

Então chegou um momento em que eu já não estava mais aguentando o choro, aquilo tava me perturbando de um jeito... um jeito que não era normal. E eu comecei praticamente a surtar ali naquela hora.

Assim... doutora... eu não queria matar a Soninha, aí que eu me refiro. Foi uma coisa circunstancial, entende? O nível de perturbação mental chegou a um ponto tão insuportável que eu levantei, fui até o berço e estrangulei o bebê."

(*longo silêncio*)

A gravação é interrompida.

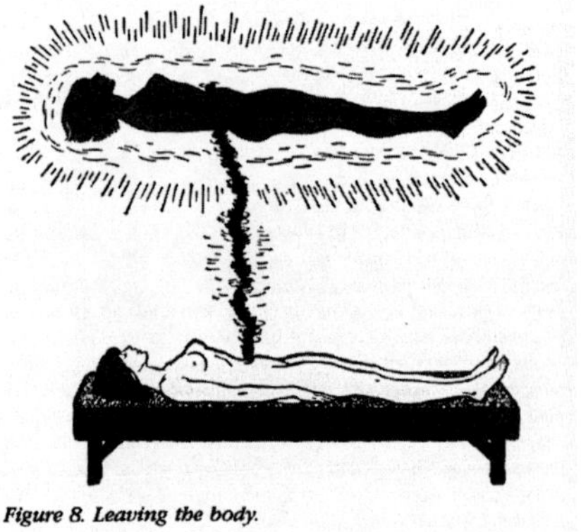

Figure 8. Leaving the body.

Parte III

DO ESPAÇO SIDERAL

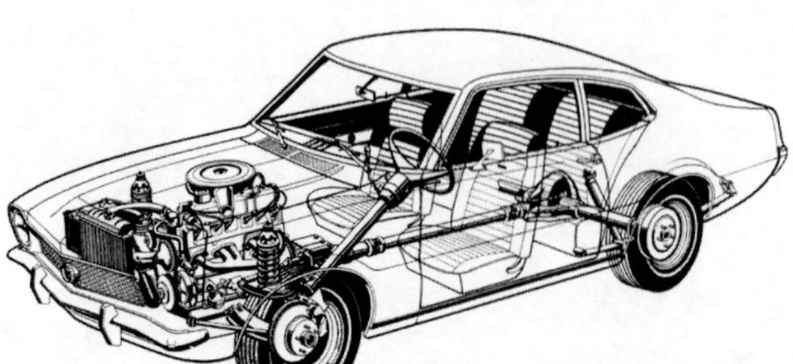

O RAIO INVISIVEL

1. RELATO ENCONTRADO NA RESIDÊNCIA DE NILSON PAGERO

Algumas pessoas podem resumir suas vidas em dois ou três dias importantes, dois ou três dias nos quais aconteceram mais coisas, coisas mais admiráveis, do que nos milhares dos outros dias que fazem parte do cotidiano e que, comparados a esses dois ou três dias extraordinários, são banais. Pois eu sou uma dessas pessoas, e vou contar a história da minha vida relatando dois dias, no caso (estaria por vir o terceiro dia?). Mas, para mim, esses dois dias significam mais que todo o resto da minha existência.

Me chamo Nilson Pagero, sou brasileiro nascido no município de São Paulo em 1933. Resido no município de Bauru com minha esposa Geruza Rosa Pagero e minhas duas filhas, Sandra e Cristina. Trabalho com vendas desde o começo dos anos sessenta e já faz quase dez anos que vendo bibliotecas para Prefeituras Municipais. Resumindo, minha vida nos últimos quinze anos tem sido na estrada indo de cidade em cidade.

A narrativa propriamente dita começa no fatídico dia 22 de maio de 1973 e trata-se da história que já contei dezenas de vezes e agora, por sugestão do psiquiatra, decidi passar para o papel. Sim, o Dr. Derezovski me disse que existe um grau de reflexão maior ao escrever uma história, assim, é uma maneira terapêutica de lidar com a realidade. E de cara sou obrigado a confessar (para mim mesmo?): não tem sido fácil.

Caia a noite e eu viajava para Catanduva, o tempo estava carregado com jeito de chuva. De repente, percebi um veículo estacionado na via e um rapaz trajado com elegância próximo a ele. Parei o carro e ofereci ajuda ao rapaz, que, com um sotaque que não era da região, perguntou se eu não podia deixá-lo em Itajobi, localidade em desvio para Catanduva. Logo que ele entrou no carro, começou a chover forte. Ele me disse que se chamava Alex.

Alex era de poucas palavras, ia estático, com um rosto duro, ossudo, de traços marcantes e o cabelo preto. Me chamou a atenção que ele carregava nas mãos sobre o colo uma caixinha de metal dourado, semelhante a um porta-cigarros. Peguei um cigarro dos meus e ofereci, mas ele recusou com um gesto.

Ingressei no desvio e chegando em Itajobi larguei Alex numa praça, onde ele pediu para ficar, e voltei à estrada. No momento que eu ia entrar na rodovia passou por mim o veículo aquele que estava estacionado onde Alex me pedira carona. Mas, com a chuva e a baixa luminosidade, não consegui ver quem ia atrás do volante.

Rodei alguns quilômetros e, quando já me aproximava de Catanduva, o rádio começou a chiar, com umas interferências estranhas. Em seguida, uma pane total mecânica e elétrica aconteceu, e fiquei com o carro desligado e apagado no meio da estrada debaixo daquela chuva. A escuridão era absoluta. De repente, vindo do céu, um feixe de luz de uns 30 centímetros de diâmetro entrou no carro deslocando-se por todos os lados. Quando iluminou o painel, tornou ele transparente, eu podia ver as peças do motor; quando iluminou o assoalho eu podia ver, através da transparência, o asfalto da estrada. A luz passava pelo teto do carro, como se o furasse; quando a luz chegou em mim eu fugi dela, com medo de que ela pudesse me fulminar, pulei para o banco do carona e, depois, para o banco de trás. E a luz ficava passando pela capota do carro, como que fazendo um pente-fino. Aquilo criava um calor insuportável e comecei a ficar sem ar, então sai do carro para chuva. Foi aí que eu vi o disco voador sobre minha cabeça. Ele parecia protegido por uma cortina translúcida que impedia que olhasse direito para ele, mas dava para a ver o raio que deixava as coisas invisíveis saindo de lá. Nesta hora eu corri, mas não consegui ir longe pois me sentia preso por laços de borracha nos braços e abdome, laços de borracha invisíveis. Eu me cansei e voltei ao carro, a esta altura totalmente transparente, como se fosse de vidro. Foi aí que eu perdi os sentidos.

O que aconteceu depois é que esses dois rapazes, o Celso e o Barcoso, passaram pela estrada e me viram ali, atirado no chão. Eles acharam que eu estava morto e procuraram o guarda rodoviário, o Queiroz. Quando eles me examinavam, eu despertei e achei que aqueles homens estavam querendo me sequestrar. Entrei em luta corporal, mas, quando acalmado, me dei conta de todo o cenário: o carro com a porta aberta e as luzes acesas; documentos, notas promissórias, dinheiro, tudo espalhado pelos bancos. Nada foi roubado. As chaves do auto no meu bolso (como foram parar lá?). Uma coisa peculiar, para dizer o mínimo, é que, apesar de eu estar encharcado pela chuva, minhas costas estavam secas, a camisa quente inclusive, como se recém sido passada à ferro. Fui levado à Santa Casa de Catanduva.

Quando Gerusa chegou no hospital, se espantou que meus cabelos tinham mudado de cor: de castanho-claro para preto (e levaram quatro dias para voltarem à cor normal). E eu tive vontade de apertá-la e beijá-la e dizer que a amava, mas tive medo de contaminá-la com alguma coisa terrível. Fui atendido pelo Dr. Chediak. Sentia muita coceira pelo corpo todo. Relatei minha história, mas fui obviamente desacreditado. Havia uma irritação na minha pele, nada demais.

No quinto dia vieram umas manchas irregulares verdes e amarelas na pele. Depois de um tempo, essas manchas sumiram aos poucos.

Fiz uma bateria de testes psicológicos e exames de todos os tipos pois, desde tal evento, minha sanidade passou a ser contestada. Mas, ao final da investigação, o Dr. Derezovski assinou um laudo atestando minha perfeita sanidade, de acordo com minha vida pregressa sempre nos padrões da sociedade. Foi mesmo uma sorte um médico como ele tomar conta do meu caso, um cara muito cabeça aberta o Dr. Derezovski. Eu hoje confio tanto nele que vou me submeter a uma sessão de hipnose regressiva na semana que vem, coordenada por ele e com supervisão da polícia aqui de Bauru.

O doutor me alertou sobre um detalhe interessante na maneira com que eu contava a minha história. Eu sempre começava, como comecei aqui, com o episódio da carona para Alex. Por que, ao contar uma história de contato imediato com um disco voador, eu incluía esse evento na introdução? Era uma coisa que eu não sabia responder (agora eu sei), mas algo me dizia que as duas coisas estavam relacionadas. Então surgiu uma hipótese, que esse rapaz (que a polícia nunca encontrou nenhuma pista) havia me drogado por algum motivo com algum tipo de droga (algo que ele deixou no meu carro?) que me causou essas alucinações e amnésia. Por isso, meu inconsciente o relacionava à alucinação ou falsa memória.

Pois bem, foi o que todos me forçaram a acreditar, e era o mais reconfortante para mim. Será que Alex havia mesmo me drogado de alguma forma? Fazia sentido, e foi a versão que assumi como verdadeira. Eu não era louco e, o que seria mais aterrorizante, não havia sido atacado por um disco voador. Era obra de um terceiro, um maníaco talvez, que usou de substâncias psicotrópicas e gerou essa alucinação tão real. Mas sem dúvida eu sei que não foi assim, sempre soube, só que preferia mentir para mim mesmo, deste modo, os amigos, a família, todos podiam ficar mais tranquilos. E eu sei, meu Deus, como tem sido difícil para Gerusa e as meninas, e isso tem sido o mais complicado de suportar, Deus, e é para elas que eu rezo.

E assim a gente foi levando a vida ordinária por quase um ano, procurando esquecer daquele evento perturbador que mexeu tanto com nossa estabilidade. Então no dia 26 de abril de 1974 aconteceu de novo. Eu seguia ainda no serviço de vendas de bibliotecas. Aquela noite me dirigia à localidade de Júlio de Castilhos e retornaria à Bauru no próprio dia. Ao me aproximar de Guaratã, ocorreu a mesma pane elétrica e mecânica no meu carro, só que desta vez eu apaguei.

Houve desespero aqui em casa, com Gerusa e o resto dos parentes, quando não voltei para casa aquela noite conforme combinado. E a coisa piorou quando localizam meu carro em Guaratã, mas eu estava desaparecido.

Seis dias depois fui encontrado em Colatina, no Espírito Santo (900 quilômetros de onde acharam meu carro) na fazenda do senhor Menelli. Chovia e eu estava molhado da chuva e com a roupa cheia de carrapichos, como se tivesse dormido no mato. Não sabia onde estava e nem lembrava de nada, vi as luzes acesas na casa do senhor Menelli e gritei por ajuda. Só então descobri que estava longe casa.

Porém, menti quando disse que não lembrava de nada pois, na verdade, há uma recordação desses seis dias, uma recordação bem vívida por sinal. Como quando a gente está anestesiado e desperta na sala de cirurgia, abre os olhos e vê o médico falando com os enfermeiros. O que lembro com clareza é que eu estava deitado em uma maca, uma forte luz no meus olhos, cercado por essas criaturas (não me arrisco a dizer homens, apesar do aspecto humanóide) que não conseguia ver a fisionomia, pois vestiam capuzes e escondiam as faces na treva e, junto delas, estava Alex. E havia ali também outra pessoa (ou ao menos tinha aparência humana) ao lado de Alex. Parecia com alguém familiar, mas sua figura surgia meio embaçada na minha recordação.

Voltei para casa e, obviamente, foi muito difícil lidar com tudo aquilo. Todo aquele pesadelo estava de volta e, acima de tudo, veio junto uma sensação terrível (que ainda convivo até hoje) de dúvida mental sobre quem realmente eu era, como um desfacelamento gradual da minha identidade. Quando minha confusão mental e paranóia estavam quase fora de controle, aconteceu um fato interessante, que ajudou a me centrar mais durante aquele momento preocupante. Fui procurado pela equipe de Ufólogos (uma coisa que eu não sabia que existia) coordenada pelo Professor Carrião, que ficou muito interessada em minha história. Pela primeira vez expus todo o ocorrido para pessoas que acreditavam em cada palavra que eu dizia. Meu relato foi publicado numa revista especializada em discos voadores e inclusive o próprio Dr. Derezovski se mostrou bastante interessado na abordagem.

Uma semana se passou e, numa manhã quente, um Jeep da Aeronáutica Brasileira estacionou na frente da minha casa e dois homens de farda desceram dele. Um deles, identificado no uniforme como Tenente Almeida, trazia um exemplar da revista de discos voadores com a reportagem sobre meu caso e me pediu para eu contar minha versão da história com detalhes, coisa que eu fiz e ele escutou com extrema atenção, enquanto o outro registrava tudo em um bloco de notas. Ao final do relato o tenente levantou-se da poltrona e me disse:

— O senhor fez o certo, mas, de agora em diante, entenda bem, o senhor está proibido de comentar essa história com quaisquer outros civis. Entendido?

Aquela opressão militar foi uma espécie de dádiva para Gerusa, percebi como ela ficou feliz aquele dia, rindo de tudo que eu falava. O amor da sua vida, pai de suas filhas, não estava louco, amaldiçoado talvez, mas não louco. De repente, vi que muita gente (os ufólogos, as Forças Armadas, o Dr. Derezovski, Gerusa) acredita na minha história, então, se não sou pirado é sinal que é coisa séria mesmo.

Bem, vamos ver o que a hipnose regressiva vai revelar, e que Deus proteja a mim e a minha família.

Bauru, 21 de julho de 1974

Nilson Pagero

2. TRANSCRIÇÃO DE FITA CASSETE DE SESSÃO DE HIPNOSE REGRESSIVA COORDENADA PELO DR. DEREZOVSKI COM O PACIENTE NILSON PAGERO EM 28 DE JULHO DE 1974. CEDIDA PELO GRUPO DE INVESTIGAÇÕES DE BAURU, SP SOB A COORDENAÇÃO DO DR. ADAIR PETRONE.

DR. DEREZOVSKI: Às 14 horas, 12 minutos, dia 28 de julho de 1974 e inicia sessão de hipnose regressiva com o Paciente Nilson Pagero. Sou o doutor Derezovski e vou conduzir a sessão que tem o acompanhamento dos doutores Adair Petrone e Carlos Carvalho Bernardes. Pois bem, Nilson, eu quero que você se concentre na minha voz. Está vendo este relógio, Nilson?

PAGERO: Sim

DR. DEREZOVSKI: Fique olhando com atenção para o ponteiro que se move, acompanhe o ponteiro e fique atento a minha voz. Você está ficando com sono... quero que você lembre daquele dia, do 26 de abril. Lembra daquele dia?

PAGERO: Sim, eu lembro

DR. DEREZOVSKI: O que aconteceu?

PAGERO: Eu estava na estrada. Começou a chover a chuva batia no para-brisa.

DR. DEREZOVSKI: Lembra do barulho da chuva?

PAGERO: Sim.

DR. DEREZOVSKI: Como está se sentindo, Nilson?

PAGERO: Não sei. Parece que... não consigo me mexer.

DR. DEREZOVSKI: Nilson, eu vou contar até três, então vou estalar os dedos e você vai se transportar até aquele dia. Quando eu contar até três de volta e tornar a estalar os dedos, você vai retornar para cá. Um... dois... três.

(som de estalar de dedos)

DR. DEREZOVSKI: Nilson, Você está na estrada, está chovendo...

PAGERO: Eu estou indo à Julio de Castilhos, O tempo está fechado, os vidros embaçados. De repente, o carro desligou sozinho, se apagou. Que nem da outra vez. Não! Não pode... está acontecendo de novo. Eles voltaram. Eu estou com medo, medo do raio invisível. De repente. Lá! São eles, viu? Estou vendo a nave se aproximando.

DR. DEREZOVSKI: Como é essa nave?

PAGERO: Luminosa, é a mesma nave que me atacou na estrada de Catanduva. Ela mesma. Eles me jogam um raio de luz. Mas é outro raio diferente daquele que deixa tudo invisível. É um raio verde. Esse raio me coloca em estado de transe, mas acordado.

DR. DEREZOVSKI: E o que acontece depois?

PAGERO: Eu saio do carro, mas saio flutuando no ar. Não tenho vontade própria. Nem medo mais eu sinto. Eles me levam para cima, para dentro da nave.

DR. DEREZOVSKI: E como é o interior da nave? O que acontece lá?

PAGERO: A nave é toda transparente, quase invisível. E silenciosa. Tem umas criaturas lá. São homens de outro planeta. Falam entre si com zumbidos de abelha.

DR. DEREZOVSKI: E de onde eles são, esses homens do outro planeta?

PAGERO: Não sei, ninguém me disse de onde eles vieram.

DR. DEREZOVSKI: E qual a aparência deles?

PAGERO: Não consigo ver direito como eles são, usam capuzes escuros, mas há outros com eles, de aparência humana. Alex é um deles. É ele sim.

DR. DEREZOVSKI: Alex? Quem é?

PAGERO: O rapaz que dei carona aquela noite,

mas para aí ... há outra pessoa ali... Rãh!!! Não pode! Sou eu mesmo. É um sósia meu que está ali entre eles, me examinando.

DR. DEREZOVSKI: Sósia? E o que esse sósia seu está fazendo lá?

PAGERO: Me analisando. Ele me dá medo. Ele... ele planeja tomar meu lugar.

DR. DEREZOVSKI: E o que acontece depois?

PAGERO: Eles colocam aquele raio invisível e começam a analisar o meu corpo com aquilo. Eu consigo ver o meu coração, meus pulmões, o estômago. Eles me examinam como se fossem médicos. E agora... não, não, isso não, nãããããão!!! Ahhhhh !!! Ahhhh!!!!

DR. DEREZOVSKI: Gilson, calma, Gilson!

PAGERO: AAAAAAhhh!!! Nããããoooo!!!

(sons de coisas se quebrando)

DR. DEREZOVSKI: Gilson, vou contar até três, então você vai voltar.

PAGERO: Naaaaaahhhh

DR. DEREZOVSKI: Um, dois, três.

(som de estalar de dedos)

PAGERO: NÃO! NÃO! AAAAAAhhh

DR. DEREZOVSKI: Gilson, acorde Gilson!

PAGERO: AAAAhhhh!!!!

DR. DEREZOVSKI: Um, dois, três.

(som de stalar de dedos seguido de coisas quebrando)

PAGERO: Nããããoooo!!!!! AAAAHHH1

(som de luta corporal e coisas quebrando)

fim da gravação.

3. NOTÍCIA DO JORNAL DA TARDE, SP DE 30/07/74

HOMEM DE 41 ANOS MATA MULHER E DUAS FILHAS

Se dizendo perseguido por extraterrestres, o homicida se suicidou com um tiro na cabeça.

Nesta madrugada, no município de Bauru na Grande são Paulo, terminou em tragédia a negociação da polícia com um homem de 41 anos chamado Nilson Pagero que havia pego sua própria família como refém. Ele passava por tratamento psiquiátrico mas, até então, jamais apresentara qualquer comportamento violento. Inclusive uma das condições de Pagero na negociação foi a presença do Dr. Derenovski, que tratava o seu caso. Porém, foi justo na chegada do médico que as coisas ficaram mais tensas e culminaram com o descompensado chefe de família executando com tiros à queima roupa sua esposa Gerusa Rosa Pagero de 36 anos e suas duas filhas, Sandra e Cristina, de 7 e 8 anos. Quando ocorreram os disparos, a polícia invadiu o local, mas chegou tarde demais — encontrou Pagero com a arma na boca e a cabeça estourada, bem como a esposa e as filhas atiradas mortas no chão da cozinha.

Extraterrestres e discos voadores

Por volta das 20h os vizinhos ouviram gritos e barulho de coisas quebrando e chamaram a polícia. No momento que a polícia chegou ao local, Pagero se negou a abrir a porta e pegou a família como refém. Testemunhas relatam que ele dizia insistentemente coisas como os extraterrestres estarem tentando tomar o seu lugar. Pagero era conhecido na vizinhança por suas histórias sobre discos voadores. Ele exigiu a presença do seu psiquiatra. Quando o Dr. Derenovski chegou, tentou convencer Pagero de entregar a arma. Tiveram uma longa e tensa conversa, com a janela da cozinha entre eles, e parecia que o médico estava convencendo o paciente a fazer a coisa certa, porém, subitamente Pagero olhou para a multidão que se formava na rua atrás do cordão de isolamento e começou a gritar perturbado "São eles! São eles! Eles estão aqui!", e então atirou contra a própria família e, depois, contra si próprio.

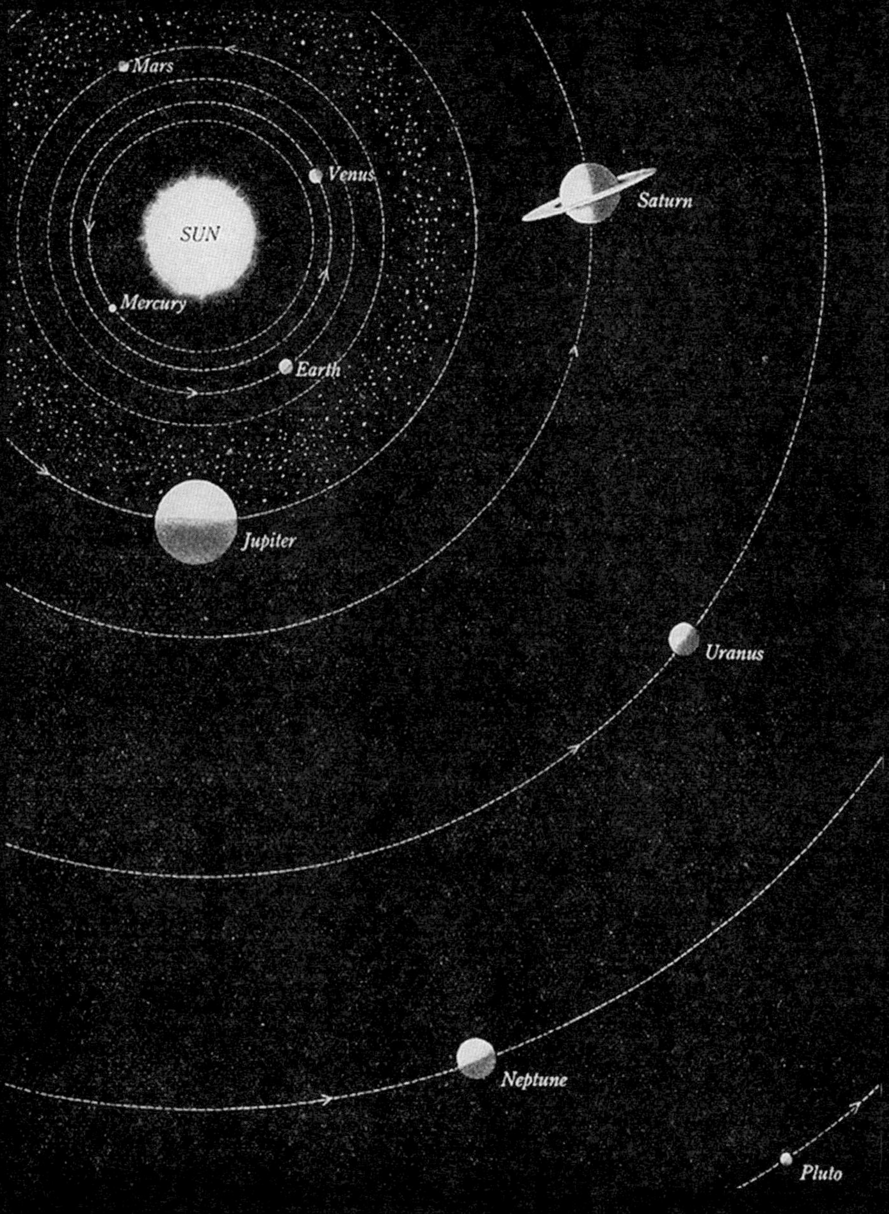
Mars
Venus
SUN
Saturn
Mercury
Earth
Jupiter
Uranus
Neptune
Pluto

A LUZ QUE VEIO DO CÉU

Este é um relato de um caso verídico.

Na década de 40 a localidade de Araçariguama era um lugar tranquilo e silencioso. Não havia luz elétrica e a estrada era de chão batido. Um ambiente rústico com algumas poucas casas e a Igreja Matriz. O povo local vivia de uma cultura primitiva de cereais e levava uma vida próxima da natureza e longe da loucura da metrópole — apesar da vila se localizar a menos de 50 quilômetros de São Paulo.

Porém, a normalidade da vida pacata da cidade terminou de repente, naquele ano maldito de 1946, e em seu lugar sobreveio o horror e o medo.

Nas noites das últimas semanas, circulavam relatos de luzes se deslocando em movimentos irregulares por cimas dos morros e matas, que geravam desencontradas opiniões em rodas de conversa. Numa velocidade assombrosa, essas luzes vinham do morro do Cantagalo, costeavam a cidade passando sobre o cemitério e sumiam atrás do rio, onde ficava a antiga mina de ouro.

Na época, ninguém na localidade jamais ouvira falar em discos voadores ou extraterrestres, mas alguns, com um instinto mais clarividente, afirmavam que aquilo era coisa de outro mundo. Porém, a superstição sempre podia mais, e a opinião vigente em reuniões familiares e colóquios de bar era de que se tratava do Boitatá, uma cobra de fogo que protege a floresta.

Os relatos falavam de um fogo vivo, duas bolas que se cruzavam no ar, subiam e batiam uma na outra, soltando faíscas. E quando esse choque espantoso ocorria, todos fechavam os olhos, uns baixavam a cabeça, outros fugiam correndo mata adentro. O que se sucedia depois no céu, ninguém tinha coragem de assistir. As mães diziam aos filhos para não olharem direto para as bolas de fogo, pois poderiam ficar cegos.

Cabe lembrar de registros mais antigos desses fenômenos, datados do final do século XIX, quando a velha mina de ouro funcionava. Sinistros anciões falavam em "bolas em chamas" que flutuavam pelo céu e iluminavam a entrada da mina à noite.

Era terça-feira de carnaval e João Prestes Filho combinou com seu compadre Salvador dos Santos uma pescaria no rio Tietê. Salvador, assim como ele, gostava de pescar, então aproveitou o feriado para marcar a pescaria.

Porém, João esquecera de um detalhe: prometera a sua mulher, Aparecida, que iria com ela e as crianças aos folguedos de carnaval. Assim teve que dizer a ela, não sem um certo sentimento de culpa, que já tinha combinado a pescaria com o amigo.

Aparecida não se surpreendeu e sequer se zangou. João não se interessava por carnaval, preferia a pesca, e ela sabia bem disso. Por um lado era até melhor — quem sabe ela mesma não aproveitava para pular um pouco? Pois com João presente isso era praticamente impossível, em função do ciúme exagerado do homem. Ele era assim, mas era o homem que ela tinha escolhido, não podia se queixar. Aparecida tinha recém feito 35 anos e, apesar dos três filhos, ainda mantinha suas curvas e se considerava uma mulher atraente.

Então o casal combinou que, quando saísse da pescaria, João iria até o centro da cidade para buscar Aparecida e as crianças. Como tinha apenas uma chave, acertaram de deixar a janela da cozinha encostada, assim, João entraria por ela.

Aos 44 anos João estava em plena forma e era um homem robusto. Ganhava a vida trabalhando na terra, o que o mantinha ágil e forte como um bicho selvagem.

Salvador passou na sua casa as sete horas da manhã. João já estava pronto e animado. Morava numa região mais afastada, conhecida como Ibaté — lagoa seca em tupi-guarani. Sua casa ficava a dois quilômetros de uma curva do rio Tietê. Em dois toques chegaram no rio, contentes, empunhando suas varas de pescar.

Era um dia claro, com poucas nuvens. A pesca estava boa, os peixes estavam famintos. Por vezes, os amigos mergulhavam na água para se refrescar, fazia calor. Ao meio dia, se abrigaram na sombra das árvores, João recolheu lenhas e gravetos secos, e assaram uns peixinhos ali mesmo, numa fogueira sobre pedras.

Era perto da uma hora quando eles voltaram a pescar. E os peixes estavam ainda mais oferecidos. Os pescadores eufóricos, enchendo um balaio para cada um.

Compadre Salvador não parava de falar, contando suas histórias engraçadas e rindo alto.

— Outro dia esbarrei num sujeito e disse pra ele: "Que susto! Tu é parecido com a minha sogra. A diferença é o bigode." Daí ele me olhou e disse: "Mas eu não tenho bigode".

Ele caiu na gargalhada. João demorou a reagir, como se estivesse processando, e enfim também caiu na risada. Mas, num repente, como lembrasse algo, se forçou a ficar sério.

— Shhh. Fala baixo, cumpádi. Vai espantar os peixes.

Salvador não controlava o riso. Tinha lágrimas nos olhos. Colocou a mão na boca e tentou abafar as risadas.

E então, estranho, numa espécie de prenúncio maligno, o vento parou de soprar de repente, o mato ficou silencioso e os peixes pararam de morder as iscas. Os amigos nada comentaram entre si, mas ambos sentiram uma peculiar e leve vibração, uma força invisível que os deixava em estado de alerta.

Então compadre Salvador viu, do outro lado da margem: duas bolas de fogo, grandes como casas, elevadas no ar, pairando sobre a mata.

— Olha aquilo, cumpádi! Olha as bolas de fogo!

João olhou abismado para o fenômeno fantástico diante dele.

Esqueceram a pescaria e ficaram absortos com os objetos no céu, que ao mesmo tempo que os assustava, os fascinava. Súbito, uma memória antiga surgiu para João.

— Não olha para elas! — disse, alarmado.

Tomado de medo, Salvador baixou a cabeça no mesmo instante.

— Vamo embora daqui, cumpádi! — disse sussurrando e olhando para o chão, como se temesse que as bolas de fogo pudessem escutar.

João imediata e lentamente começou a juntar suas coisas, sua vara de pesca, seus peixes. Evitava olhar para o outro lado do rio, mas percebia pelo canto do olho que as coisas estavam lá, vigiando seus passos. E os amigos, sem combinar nada entre si, agiam ambos com uma disfarçada normalidade. Pegaram todos seus pertences e sumiram mato adentro, sem olhar para a outra beira. Quando chegaram na estrada, ficaram fora do campo de visão dos terríveis objetos flamejantes. Era uma sensação de alívio, mas a impressão de perigo permanecia viva. Então começam a caminhar mais rápido, olhando para trás, na direção do rio oculto detrás das matas.

— Que diabo é aquelas coisas? — perguntou um aterrorizado Salvador. — Será o boitatá?

— Boitatá de dia? Duvido, compadre.

Seguiram caminhando rápido, de quando em quando olhando para trás e para o céu. Então, numa dessas conferidas furtivas, João percebeu que, sem brisa ou ruído, um dos objetos estava a menos de vinte metros sobre suas cabeças.

Apavorado, Salvador já ia iniciando o primeiro passo de sua desabalada carreira quando João o segurou pelo ombro:

— Não corre, compadre. Melhor não correr. Melhor não olhar pra ela.

João sabia sobre as bolas de fogo voadoras, apesar de nunca ter visto uma antes, conhecia das histórias que seu pai contava na época que trabalhava na mina de ouro.

O curioso é que, olhando assim de perto, por baixo, o objeto parecia diferente. Era transparente, com a opacidade de um fantasma, e tinha um formato oval.

Os homens seguiram caminhando pela estrada quase sem respirar — o pavoroso objeto voador sobre suas cabeças. Andavam rápido, mas não corriam, olhando sempre em frente. Não se escutava som algum, apenas seus passos pesados se arrastando pelo caminho de pedras. Sentiam aquela presença diabólica e opressora, feito o bafo quente do demônio na nuca.

Quando se aproximavam da encruzilhada conhecida como Cruz das Almas, João teve coragem de olhar para cima e percebeu que o objeto não estava mais lá.

— Sumiu, compadre, — disse João.

Foi a deixa para Salvador disparar em frenética carreira estrada fora, deixando uma trilha de peixes atrás de si — alguns mortos, outros ainda agonizando. Na metade do caminho, numa cena cômica, acabou tropeçando e caindo, as coisas todas espalhadas pelo chão. Então se levantou e saiu em disparada até sumir de vista sem olhar uma vez sequer para trás.

João seguiu seu caminho para casa, volta e meia olhando para o céu, agora mais nublado, ainda impressionado pelo fenômeno que presenciara. Mas nem tanto, homem simples e de poucas crenças que era, decorrido o calor do momento, já passou a dar pouca importância para o caso.

Chegando em casa jogou os peixes dentro do tanque que ficava na rua, abriu a torneira e olhou orgulhoso para o resultado do dia, enquanto o tanque se enchia de água. Então lembrou do compadre que deixara seus peixes todos jogados na estrada e aí voltou a pensar na sinistra bola de fogo que os perseguira. Tentava imaginar o que seria aquilo, mas sua mente não lhe trazia nenhuma hipótese. Encheu o tanque, deixando os peixes mortos flutuando na água, e se dirigiu à janela da cozinha para entrar em casa.

Ele abriu a janela e, no instante em que ia pular para dentro de casa, um facho de luz silencioso o atingiu. Por instinto, cobriu os olhos com os braços. O raio de luz durou uns poucos segundos, João caiu no chão, atordoado, mas não perdeu os sentidos. Porém, uma força invisível bloqueava seus movimentos, ou fazia esquecer-se do que atentava naquele momento. Ficou imóvel por muito tempo, trinta, talvez quarenta minutos. Não sentia dor alguma, mas tinha a impressão de que estava queimado.

Quando voltou a si e conseguiu se erguer, percebeu que seus braços, peito e pés apresentavam uma estranha textura, como de carne cozida. Pela primeira vez o pânico se apoderou de João a respeito dos fenômenos que estavam acontecendo com ele, então, resolveu pedir ajuda.

Caminhou por cerca de quarenta minutos até a casa de sua irmã, Maria, que morava na praça principal de Araçariguama, em frente à Igreja Matriz. Ao longo do caminho, olhava para o céu em estado de alerta, feito um louco perseguido por vozes.

Maria Passos Teixeira jogava pife na sala de sua casa com seu marido, Emiliano Teixeira, quando a porta da frente se abriu num repente e surgiu um transfigurado João implorando por ajuda. A medida do possível, o casal procurou manter a calma, na tentativa de ajudar o coitado, mas era difícil para eles disfarçarem seu terror.

Agitado e com medo, João contou e recontou sua história. Não sentia dor, mas aquilo que estava acontecendo, aquelas queimaduras, aquilo não era normal. O corpo parecia cozido. As marcas da camisa aberta no peito e da calça arregaçada destacavam-se nitidamente da região agredida pela luz, que tinha uma vermelhidão forte e uma oleosidade viscosa. As roupas e o cabelo estavam intactos.

— Melhor chamar o seu Gomide, — disse Maria, olhando para o marido.

Não havia médicos na localidade e nem em regiões vizinhas. Aracy Gomide fora enfermeiro das tropas do exército na revolução constitucionalista de 1932, assim, atendia gratuitamente questões simples de saúde dos habitantes.

Emiliano saiu porta a fora atrás do enfermeiro.

Pela primeira vez, João se olhou no espelho e o que viu só fez aumentar seu pânico. Era como se tivesse tomado um jato de ácido, porém, seus cabelos estavam ilesos. O peito, os braços, pescoço e o rosto, vermelhos e untados de pus, feito um joelho raspado no areão.

Quando sua mulher Aparecida — que naturalmente fora avisada — entrou pela porta da frente, de imediato teve uma expressão de choque com a aparência do marido, levando a mão à boca e se escorando em uma cadeira em função de tontura.

— O que aconteceu, ome?

— Não deixa as crianças me verem! — respondeu ele, ríspido.

Maria correu até a porta e a trancou. João tornou a olhar-se no espelho. Seu rosto parecia uma máscara de cera derretida ao sol. Levou a mão deformada ao nariz, que parecia meio deslocado na face. Então, foi incrível e grotesco, o nariz de João desgrudou-se de sua cara e caiu no chão aos seus pés feito uma fruta podre. Houve um grito de pavor. No rosto de João restou uma cartilagem carcomida onde antes ficava o nariz. João sentiu o terror do leproso terminal, ou do sobrevivente da bomba atômica.

Quando bateram na porta, foi um alívio para Aparecida. Tinha os nervos fracos e já não estava aguentando mais aquele ambiente, com aquelas deformações físicas de João ficando cada vez mais tenebrosas. Estavam, ela e Maria, ajoelhadas diante da imagem da santa, rezando fervorosas; tinha apenas que manter os olhos fechados, mas havia um peso sobre eles, um medo; não suportava a figura sinistra de João, se movendo inquieto pela sala e derretendo pouco a pouco.

Mesmo sendo homem vivido que presenciara os horrores de mutilações e mortes nos campos de batalha, Gomide, ao se aproximar, não conseguiu esconder seu espanto.

— Foi a bola de fogo, seu Gomide. Ela me atocaiou e me jogou esse raio de luz, — já foi logo dizendo João, num tom desesperado.

Trazendo o paciente para perto da janela, Gomide o examinou minuciosamente: cabelos, pálpebras, cílios, sobrancelhas apresentavam-se normais; da mesma forma, as partes do corpo protegidas por suas vestes, intactas e sem queimaduras. Mas, nas partes atingidas pela misteriosa luz o cenário era aterrador: a pele e a carne tinham um aspecto enrugado, como cozinhado por horas em água fervente; leve exsudação de prurido amarelo, mas sem perda de sangue; os pés deformados e crispados como garra de ave; pele e carne desprendiam-se dos ossos, mas em geral conservavam-se presas ao corpo através de pequenas ligações de tecidos vizinhos sem anomalia; alguns ossos apareciam nas regiões maltratadas sendo que as carnes que restavam junto deles se revelavam um tanto esbranquiçadas; os ossos centrais da fronte estavam aparentes; desprendera-se parte do nariz; queixo descarnado tornava visíveis os dentes inferiores; a carne estava desprendida da glote do pescoço até o osso externo; descamadas as mãos, punhos, e parte dos braços, bem como as canelas e os pés; as unhas desaparecidas. No mais, mas não menos estranho, o paciente não apresentava qualquer sintoma de dor, a respiração estava normal e as feridas não exalavam qualquer tipo de cheiro.

Havia uma mutação visível a olho nu acontecendo no corpo de João: as carnes e tecidos desprendiam-se em conjuntos disformes; a pele mais externa ainda não afetada ia aos poucos sendo contaminada pela parte corroída e reagia como borracha derretida, escorrendo feito uma tinta densa e pingando uma gosma no chão.

Gomide já vira o bastante e não tinha nem ideia do que estava se passando — em seus 54 anos de vida jamais tinha se deparado com algo assim.

— Eu não sei o que fazer, — disse em voz alta e sem qualquer constrangimento. — Temos que levar ele pro hospital em Santana de Parnaíba.

Careciam de um veículo, e aí lembraram do caminhão do compadre Valdir.

— O compadre Valdir, — gritou Maria, olhando para seu marido.

Prontamente, Emiliano saiu porta a fora atrás do compadre.

Fechados na penumbra do quarto, João e Gomide aguardavam pelo transporte, e o assombro só aumentava, pois João começou a sentir dores e ter dificuldades de falar.

Gomide deduziu que órgãos mais internos começavam a ser afetados e partes que antes estavam intactas, como a língua e o palato, já iniciavam a deterioração.

João percebeu então, até com certa conformidade, que estava morrendo. Com uma voz engrolada e cavernosa, ele implorou a Gomide:

— Miahg muerr, chamaggg mi aaa muerrrr. Preciis pedigghh de... desgg... decul... pa.

Tomado de horror e pena, Gomide vai até a sala e chama Aparecida.

Ela entra no quarto e toma um choque quando vê João. A deformação era espantosa em relação à ultima vez que o vira. De mutação em mutação, a anomalia cada vez mais remetia a uma imagem que só um pesadelo poderia acolher.

Quando João notou a reação de sua esposa, teve consciência da monstruosidade que se tornara e sentiu uma vergonha sem tamanho de sua aparência. Mas tinha urgência, urgência em um desesperado pedido de desculpas de extrema unção, então tentou desesperadamente falar com ela, mas sua voz era pouco mais que um grunhido gutural.

— Gnafff... apagg... gaaahhh... deehhh... gnaff.. glll... grrrr... aaahh... eeeeehh... uuuuhh...nah... nah... gnaff...

Por trás de seu rosto descarnado podia-se ver a língua se derretendo feito uma gelatina na panela quente.

A tentativa daquele extrato de homem de se expressar dava dó.

— Acho que ele tá pedindo perdão pra você, — disse Gomide, tomado pela compaixão.

Aparecida olhou confusa para a caricatura monstruosa que se tornara seu marido.

— Mas perdão pelo quê, ome?

João se esforçava, mas seguiam saindo aqueles gargarejos de sua boca — confessava um pecado, algum segredo que exigia o perdão da esposa antes de morrer?

Desnorteada em meio a lágrimas de desespero, Aparecida ficava tentando lembrar de algo que João pudesse ter feito que precisasse ser perdoado. Olhou suplicante para Gomide, que concordou de leve com a cabeça, num gesto que a incentivava a ter piedade.

— Eu te perdôo, João, eu te perdôo, — disse ela, sem conseguir olhar para ele.

Como a parte da pele em volta dos olhos de João ainda não estava tão afetada pelas chagas, deu para ver uma lágrima que escorria, num momento singelo em meio ao asco e a agonia.

Mas se ele ainda tinha olhos, não havia mais rosto e a boca se concluía nos dentes inferiores descarnados — não se sabia se aqueles dentes eram o esgar de um sorriso ou um rosnado de horror.

Então, Maria abriu a porta e anunciou:

— O caminhão chegou!

João já não conseguia andar, pois agora seus pés se resumiam a alguns ossos com um pouco de carne branca no entorno, então, foi carregado numa maca improvisada.

A notícia circulou rápido. Para a curiosidade mórbida de metade dos habitantes da vila, que se encontravam então na praça, João foi colocado na caçamba do caminhão e, naqueles instantes antes de partirem, ficou exposto feito uma anomalia circense, uma mutação em processo que era. Gomide perguntou a Aparecida se ela queria ir ali atrás com ele. Mas a mulher não aguentava mais um olhar que fosse para o que restava de João, aquilo era demais para seus nervos suportarem, estava com medo de enlouquecer, então preferiu ir na cabine com o motorista.

Pela janela, Aparecida observava a noite escura lá fora, alguns vultos de árvores passavam rápido feito fantasmas cobertos por longos mantos negros. Mãos postas, a mulher rezava em silêncio, mas já perdera a esperança — seja o que fosse que estivesse acontecendo com João, era algo que não tinha mais remédio. Lá atrás, na caçamba, João ia gemendo, enrolado em uma coberta. Olhava para as estrelas no céu. De repente, se virou para Gomide e, na sua linguagem incompreensível, murmurou suas últimas palavras. Talvez ainda fosse o pedido de perdão. Em seguida sua cabeça pendeu para o lado e ele morreu.

Gomide bateu na janelinha de vidro da cabine do caminhão, Aparecida olhou para ele e viu sua expressão de pesar. "Que horror, meu amado João", pensou ela, virando o rosto para a estrada e contendo as lágrimas, pois sentia vergonha de chorar diante do motorista.

Levaram um homem morto para a Santa Casa de Santana de Parnaíba. Ou o que outrora fora um homem.

O médico que assinou o óbito ficou tão impressionado que solicitou o corpo para levar à universidade para ser estudado, mas a viúva não concordou, e assim, aquela morte atroz permaneceu desconhecida da ciência.

Foi enterrado às pressas, antes que não houvesse mais nada para enterrar, pois, mesmo depois de morto, o corpo continuava derretendo.

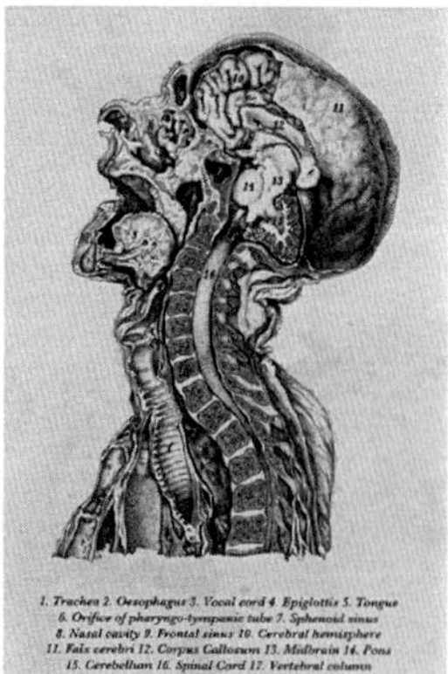

A CRATERA

Conto de horror cósmico ambientado no universo das obras de H. P. Lovecraft

Personagens:

James Green — narrador da história, coordenador Departamento de Geologia,
Agnes Wilcox — coordenadora Departamento de Astrofísica, mulher de
Charles Wilcox — coordenador Departamento de Folclore, comandante da expedição,
Edgard Lake — coordenador Departamento de Biologia,
Dr. Michael Ford — coordenador Departamento de Psicologia,
Margareth Blake — aluna da Universidade de Miskatonic,
Danford — aluno da Universidade de Miskatonic,
Moore — também aluno da Universidade de Miskatonic,
Ross Mayer — capataz e
Sabina Romero — cozinheira.

I.

É inevitável duvidar-se de fatos reais tais como os que vou revelar. Faço questão de frisar no entanto que, não obstante a enormidade das coisas que vi e escutei, e apesar da declarada nitidez do efeito que tais coisas produziram em mim, mesmo assim não posso provar nem para mim mesmo se os fatos aconteceram ou não.

Me chamo James Green e fazia parte do corpo docente da Universidade de Miskatonic. Me criei no *Brooklyn* e, no ano de 1912, me formei em Geologia pela Universidade de Columbia. Fui para *Arkham* cursar o Doutorado em Vulcanologia na Miskatonic e comecei a lecionar algumas disciplinas por lá. Vinte anos se passaram e me tornei o coordenador do Departamento de Geologia.

A notícia de um meteorito que caíra nas montanhas do *Vermont* não era nova, datava de 1898. Havia relatos nos jornais locais sobre "a pedra de fogo" que sobrevoara a região das Montanhas Negras e aterrissara atrás da grande Montanha Escura. Afora isso, não havia qualquer outra informação a respeito, a não ser que se tratava de um local impreciso e de difícil acesso.

Trinta e cinco anos depois, surgiam as primeiras fotos de reconhecimento aéreo naquela região, e então a sinistra cratera foi avistada. Sabe-se lá por quais escusas questões políticas, a Universidade de Miskatonic teve acesso às fotografias em primeira mão. Numa análise inicial, qualquer homem que tivesse o mínimo temor por forças desconhecidas desistiria daquela aventura na mesma hora. Eram fotos diabolicamente nítidas e elucidativas. Mas eu, como homem das ciências naturais, não percebi no instantâneo detalhes que diziam respeito às ciências ocultas.

Iniciaram-se preparativos para uma expedição de campo integrando diversos departamentos e com um investimento considerável destinado ao projeto. Havia um patrocinador que "preferia ficar fora das manchetes" e só o que se sabia era que estava relacionado com o Departamento de Folclore da Universidade. E pela primeira vez a Miskatonic levava uma "equipe mista" a uma expedição de campo. Desde o primeiro momento me opus a presença de mulheres na campanha, e o motivo era simples. Sabíamos que tratava-se de um local ermo e de difícil acesso. Eu temia a fragilidade do corpo feminino se transformando em fardo e atrasando a expedição. Porém, Agnes Wilcox, a chefe do departamento de Astrofísica, era a esposa de Charles Wilcox, chefe do departamento de Folclore e comandante nominal da expedição, que desconsiderou sumariamente minhas recomendações. Se tivesse me dado ouvidos, por motivo diferente do que eu imaginei, parte de todo esse horror poderia ter sido evitada. Mas a verdade seja dita, nenhuma mulher atrasou o andamento da expedição, e é com certa vergonha que tenho de admitir que as três mulheres presentes estavam fisicamente mais bem preparadas do que eu próprio. Mesmo assim, teria sido melhor que nenhuma mulher jamais se aproximasse daquelas montanhas horrendas.

Como geólogo meu objetivo principal era encontrar o meteorito, se é que ele existia, que causara a violenta deformação no solo. Mais tarde, vim a descobrir que também era objetivo tanto de Wilcox quanto de sua esposa encontrarem tal pedra vinda do espaço, mas sua finalidade se relacionava às ciências do além-mundo. Secundariamente, o trabalho era analisar possíveis reações diferentes do solo afetado pelo desastre cósmico. Pode-se dizer que, neste sentido, a expedição foi um sucesso.

Além de mim e do casal Wilcox, nosso grupo consistia de outro professor da Miskatonic — Edgard Lake, chefe do departamento de biologia —, quatro estudantes da Universidade — um assistente por departamento, sendo que a assistente da senhora Wilcox era uma moça — , além de outras quatro pessoas alheias à Miskatonic contratadas para o serviço — Ross Meyer, uma espécie de capataz, dois peões subordinados a ele e Sabina Romero, a cozinheira latina de ar sinistro, empregada pessoal do casal Wilcox.

Meyer ficou responsável pelo planejamento e execução das ações braçais e práticas que professores acadêmicos teriam muita dificuldade de executar. Um mês antes, Meyer e um dos seus assistentes viajou ao *Vermont* para administrar questões necessárias para viagem, como locais de suprimentos, animais e homens para força de trabalho e guias da região. Foi justamente após a ida de Meyer ao *Vermont*, em especial ao vilarejo de *Fordsboro*, localidade mais próxima da cratera, que as lendas sobre o local surgiram com espantoso nível de superstição e ignorância. Primeiro houve a dificuldade em conseguir guias na província para ir até a região da cratera. A muito custo, Meyer conseguiu contratar três peões na localidade vizinha de *Townshend*, assim mesmo gastando o dobro do previsto no orçamento.

Alguns mais antigos lembravam da noite em que o céu ficou claro e a terra tremeu. E falavam dos pioneiros que desbravaram aquela mata pela primeira vez, num ingênuo sentimento de aventura e curiosidade, ansiando por ver de perto a bola de fogo, como se fosse um Deus que havia caído do céu. Uma expedição que envolvia quinze bons homens foi organizada em *Townshend*, lembram os anciões. Homens que sumiram dentro das Montanhas Negras e nunca mais voltaram.

Havia muitos comentários sobre vozes que zumbiam, imitando a fala humana, e que faziam inusitadas ofertas a viajantes e aventureiros usuários da tenebrosa trilha que levava à cratera. Quanto a natureza das criaturas por trás das vozes, Meyer escutou, aqui e ali, um que outro morador antigo que jurou ter visto as tais criaturas. As descrições naturalmente discrepavam, mas todas levavam na direção de alguma anormalidade, mutação ou mesmo algo extraterreno.

Havia referências temerosas a fazendeiros solitários que pareciam ter sofrido uma abominável alteração mental. Corriam histórias desagradáveis sobre a região. O caso do velho Jim Brown, o morador mais próximo do local da queda do meteorito, decretou o abandono absoluto de contatos mais estreitos com o temido local. Certa noite, o velho Brown surgiu no vilarejo de *Fordsboro* com um comportamento mental alterado, gritava coisas sem sentido, ou talvez de um idioma desconhecido, e agia de forma agressiva, o que fez com que tivesse que ser contido a força bruta. Só o que se soube mais tarde foi que o maldito velho morreu aos berros em um asilo. A maioria das pessoas sabia apenas que uma certa região nas montanhas era considerada altamente insalubre, que ali as terras eram ruins, e que o quanto mais longe dela se estivesse, melhor.

II.

Em 7 de maio de 1933 a Expedição Miskatonic partiu de trem rumo a *Boston*, onde fizemos uma baldeação em direção ao oeste. Quando chegamos a *Greenfield*, trocamos novamente de composição e rumamos para o norte. O trem começou a penetrar numa Nova Inglaterra arcaica e primitiva, ainda intacta e ancestral, sem forasteiros e estradas pavimentadas presentes nas regiões atingidas pela modernidade.

Passamos por *Northfield* e atravessamos o rio *Connecticut*, reluzindo azulado ao sol da tarde. Diante de nós, agigantavam-se montanhas verdes e pedregosas, havíamos chegado ao *Vermont*. Surgiram então ruas a nossa esquerda e uma ilha verdejante no rio a nossa direita. O trem parou sob o extenso galpão ferroviário da estação de *Battleboro*, onde Mayer nos aguardava. Dividimos o grupo nos três carros alugados, estacionados em frente à estação, e partimos imediatamente. A cidade parecia bem atraente à luz da tarde, remetia às antigas cidades da Nova Inglaterra que nos ficam na lembrança das histórias de infância.

Ao sairmos de *Battleboro* surgiu uma sensação de mal-estar e, junto com ela, veio um mau pressentimento, pois algo de impreciso naquela região de montes gigantescos, ameaçadores e muito próximos, de rochas desnudas ou densa floresta, lembrava segredos obscuros e imemoriais que talvez fossem hostis à humanidade.

Aos poucos, a região se tornou mais selvagem e mais deserta. A estrada de ferro, paralela ao rio, parecia exalar um ar de desolação e nostalgia.

A estranha e pitoresca vila de *Fordsboro*, a que chegamos em cerca de uma hora, foi nosso último vínculo com aquele mundo que os homens podem chamar de seu.

A vila se estendia até as encostas púrpuras do campo aberto, contra elas, distante cerca de duas milhas, erguia-se a corcova espectral das Montanhas Negras, cuja silhueta distante ondulava misteriosamente, adquirindo formas fantasmagóricas a medida que o sol sucumbia detrás delas.

Passamos a noite na vila, no outro dia pela manhã iríamos partir cedo para as montanhas. A noite em *Fordsboro* foi bastante perturbadora, desde a reação dos nativos que nitidamente nos evitavam alarmados, até os pesadelos angustiantes que varreram a madrugada.

Exatamente às 6:00 do dia 8 de maio, a Expedição Miskatonic partiu rumo ao seu destino final. O grupo consistia de quinze pessoas, três mulas carregadas com material de exploração e suprimentos e três cães farejadores.

Ao que tudo indicava, havia uma trilha pelas encostas da montanha que levava direto para o local da cratera, porém, pelo abandono, a trilha já estava coberta pela vegetação, assim, o trabalho dos homens era pesado, manejando seus facões afiados, atacando a mata com a fúria do desbravador.

A subida foi uma experiência sufocante, dificultada pelo sol da primavera, pelo ar rarefeito e por uma fonte de perturbação desconhecida que parecia crescer a medida que subíamos a montanha. Temi ficar para trás, mas fui ajudado por meu dedicado assistente — um brilhante rapaz chamado Danfort. Os animais começavam a mostrar uma inquietude anormal, em especial as mulas, causando muita dificuldade aos tratadores para conduzi-las.

Na parte alta da subida, surgiu diante de nós uma encosta forte, com arvoredos densos, que terminava num penhasco abrupto. Era a Montanha Escura.

Ao chegarmos ao cume do morro que escalávamos, bem menor em relação à parede da Montanha Escura ao fundo, avistamos a medonha cratera.

Devastação e ruína pairavam como uma mortalha sobre o local, e nas árvores secas e sem pássaros em volta. Tive a vaga sensação de alguma coisa sinistra que não pude precisar. Havia um elemento de beleza cósmica na paisagem. Era estranho que o verde da primavera não houvesse contagiado o mato seco e pardacento do entorno da abertura no solo. As nuvens que cobriam o sol faziam pairar sobre toda essa silenciosa desolação uma tétrica luminosidade plúmbea.

O local parecia completamente intocado pela presença humana. Seriamos nós os primeiros a superar o medo arrebatador e insidioso que resguardara aquele local deserto por quase quarenta anos?

A cratera era um vale estéril em forma de círculo de aproximadamente sete milhas de diâmetro entranhado em meio a montanhas colossais. O silêncio sepulcral predominava no ambiente, não se escutava insetos, anfíbios ou aves. Parecia haver algo de monstruoso na atmosfera que afastara os animais e secara as plantas. Com exceção do murmúrio sinistro de distantes arroios invisíveis, aquela inquietude era anormal, e eu me punha a imaginar que tipo de praga intangível pairava sobre a região.

Montamos acampamento na beira da cratera, onde terminava a vegetação, já seca e morta, e iniciava o círculo profundo e desagradável, com o solo composto por uma estranha poeira cinza e grossa. Atrás de nós ficava a gigantesca parede leste da Montanha Escura, cuja proximidade e intimidade tornava o ambiente verdadeiramente sufocante.

Depois de devidamente instalados, aproveitamos o resto de luz do dia para fazer uma expedição de reconhecimento. De onde nos encontrávamos, podia-se ver que no centro da cratera havia uma espécie de núcleo, que parecia ser uma estranha vegetação esbranquiçada, aparentemente em formato oval. Nosso grupo de pesquisadores desceu em direção a tal local que ficava cerca de três milhas distante. O silêncio insondável ecoava o som curto de nossas respirações. A medida que nos aproximávamos, a peculiar vegetação esbranquiçada tornava-se mais nítida, e junto vinha uma indefinida impressão de medo e de proximidade a coisas proibidas. Parecia haver uma vibração no ar, leve e quase imaginária.

Galhos secos, acinzentados e curvos se entrelaçavam com algum padrão demoníaco feito um gigantesco novelo de arame-farpado do tamanho de um campo de beisebol. Percebi então que era esse núcleo que transmitia o pavor contido naquelas fotos aéreas. Vendo a estrutura do alto, aquilo parecia uma espécie de semente descomunal.

O Núcleo, como alcunhamos o local, não era uma esfera, parecia mais uma estrutura oval achatada. Na altura devia atingir, no topo, uns 40 pés. Escavando ao redor, conseguimos perceber que boa parte da estrutura encontrava-se enterrada no solo. Buscamos uma possível abertura no receptáculo colossal, mas o Núcleo parecia inexpugnável. E o mais estranho era que cada vez que alguém encostasse em algum dos galhos da imensa estrutura, a perturbadora vibração no ar tornava—se claramente perceptível.

Chamei a atenção de Wilcox, que estava absorto no deslumbramento da descoberta, e o alertei que a luz do dia já começava a sumir.

Ele então desfez o sorriso no rosto e, com uma súbita preocupação, que parecia indicar algo grave que só ele sabia, determinou que voltássemos imediatamente. Por mais que não houvesse uma forma de vida num raio de quatro ou cinco milhas, ou talvez por isso mesmo, a sensação de terror e perigo eminente crescia a cada segundo que em que o céu escurecia sobre nossas cabeças.

Quando chegamos ao acampamento, a noite já havia se fechado sobre nós feito um espesso manto negro. E, ao cair da noite, um elemento tão fantasmagórico quanto fascinante se revelou. Uma fosforescência estranha, como dos peixes das profundezas marinhas, crescia no solo à medida que a noite ia ficando mais escura. A luz não era branca, mas violeta, e parecia menos um reflexo natural da fraca lua no céu do que algum elemento radioativo desconhecido. Analisei o solo com o contador *Geiger-Muller* e apresentava uma pequena movimentação no ponteiro de medição, indicando a presença de radiação num nível mínimo. O curioso é que fiz essa medição à luz do dia e o ponteiro permanecera imóvel.

Junto com a luminosidade do solo surgiu outro elemento fantástico e amedrontador. Um sinistro zumbir de um exótico inseto oculto. Era a única coisa que se ouvia naquele buraco perdido entre as montanhas, e não era bom escutar o que sussurravam a noite toda, com suas vozes semelhantes às das abelhas, e que tentavam imitar os sons humanos.

III.

No segundo dia, saindo cedo pela manhã para melhor aproveitar a luz do dia, tornamos a ir até o Núcleo. Antes, houve uma incidente desagradável, os três nativos contratados para a expedição exigiram de Meyer seu dinheiro e foram embora.

Ao sol do meio dia, Wilcox sugeriu que eu e Lake voltássemos ao acampamento e levássemos nossos assistentes junto. Wilcox planejara uma "cerimônia" que exigia a presença apenas de pessoas íntimas ao conhecimento relacionado. Troquei um olhar cúmplice com Lake que, conformado, já começava a recolher suas coisas.

Permaneceram no local o casal Wilcox, o assistente de Wilcox, um jovem de temperamento reservado e hábitos estranhos chamado Moore e a assistente da Sra. Wilcox, a brilhante e arrogante aluna da Myskatonic chamada Margareth Blake.

Nem havíamos chegado ao acampamento e já se ouviam gritos horrorosos e cantos malditos. A voz da Sra. Wilcox, com seu acento bostoniano dominava a consagração e soltava os gritos mais hediondos, falando com uma fluência macabra um idioma desconhecido e nebuloso. Ao que parecia, a tal "cerimônia" que Wilcox se referira era na verdade uma missa negra conduzida por uma possessa Sra. Wilcox.

Mais tarde, Danford, que fizera rapidamente amizade com o jovem Moore, me explicou que tratava-se de uma cerimônia de invocação das criaturas alienígenas. "Wilcox e seu grupo acreditam que há criaturas inumanas vivendo lá dentro do Núcleo", disse, sem espanto algum.

Aquela noite, exatamente às 3:00h da madrugada, uma estranha agitação tomou conta dos animais. Os cães latiam e ganiam enlouquecidos e o burros zurravam e relinchavam em pânico. O vigia da noite, um dos homens de Mayer, foi até o canil e, na tentativa de controlar o tumulto, acabou sento atacado ferozmente pelos cães, que deixaram o homem jogado no chão e fugiram em disparada, em direção contrária à amedrontadora cratera, para nunca mais serem vistos.

Pela manhã, estranhas marcas, semelhantes às que os caranguejos deixam na areia da praia porém vinte vezes maior, foram avistadas próximas ao acampamento e na descida da cratera. Lake examinou os rastros intrigado e afirmou que era como se fossem de alguma espécie de crustáceo gigante de seis pernas. Mas não fazia sentido, pois até então não havia qualquer indício desses animais, e de nenhum outro, por ali.

A tarde houve uma nova cerimônia macabra no entorno do horrendo Núcleo. Os mesmos apelos doentios e frases impronunciáveis ditas com uma devoção fanática.

A noite, um fato alarmante ocorreu. Despertei no meio da madrugada e percebi que Danfort não se encontrava dormindo em sua cama. O silêncio era absoluto, mas logo um daqueles insetos invisíveis começou a zunir no meu ouvido. Tive a sinistra impressão que falava meu nome naquela falsificação perturbante de voz humana.

Sai da tenda e contemplei a noite. Farrapos de névoa escura flutuavam à frente de tênues cintilações de uma frígida neblina violácea. Foi então que percebi, dentro da cratera, as duas figuras subindo apressadas em meio a antinatural luz violeta fosforescente. Ao se aproximarem, percebi que eram os apavorados Moore e Danfort.

"Professor, Green! Eles estão lá! Nós vimos. Eles estão lá!"

Depois de uma boa dose de café com rum, controlados os nervos dos dois rapazes, fizeram seu impressionante relato.

Sabe-se lá por que motivo os dois se encontravam próximos ao núcleo, e então, avistaram aquelas duas criaturas transitando entre o emaranhado de galhos espinhosos como se houve uma trilha lá dentro, se comunicando entre si por zumbidos. Pelo que puderam entrever entre as frestas da horrenda estrutura, as criaturas tinham tentáculos nos lugares dos olhos e soltavam uma gosma asquerosa. O corpo era feito de uma casca dura, semelhante a dos crustáceos.

Ao final da descrição dos estudantes universitários chegou-se a conclusão que tratavam-se de criaturas, de caráter monstruoso e inteiramente alienígena, que não se pareciam com nenhuma forma de vida conhecida que tivesse evoluído neste planeta.

No outro dia, um desesperançado professor Lake me comunicou

que estava partindo, da parte do Departamento que Biologia da Universidade, a Expedição Miskatonic estava encerrada.

Realmente, tudo que abrangia a botânica e a zoologia estava ausente naquele local funesto. Não havia o que professor e pupilo investigarem. Quanto as visões das criaturas por parte dos dois estudantes, Lake acreditava que o ambiente sem vida do local gerava estranhas alucinações. Até então o que o mantinha interessado eram os estranhos zumbidos que sibilavam a noite, que mais pareciam de algum inseto da família das abelhas altamente evoluído a ponto de imitar a voz humana no seu zunido.

"Desisti desses insetos", disse desanimado. "Essas vespas não existem, são puro fruto da imaginação". Agora, para Lake, tudo tinha se transformado num grande circo do casal Wilcox. "Eu, fosse você, iria embora também, Green". Então, a última coisa que ele perguntou antes de partir foi se eu não havia visto uma coruja por ali à noite.

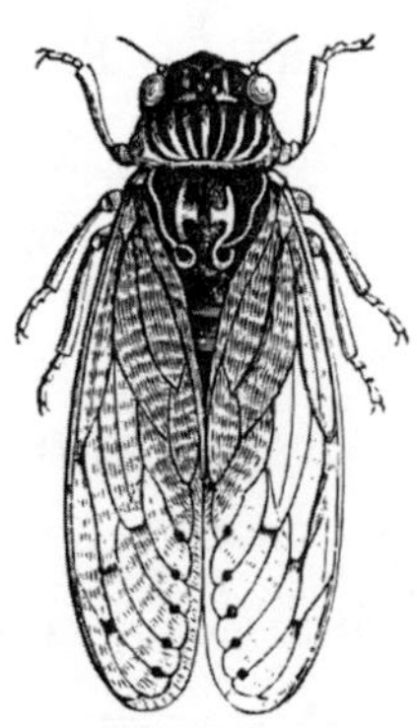

12. Mannacikade (Cicada orni). Nat. Gr. (Art. *Cikaden.*)

IV

Nos dias que se seguiram, o cerimonial monstruoso do casal Wilcox seguia com um fanatismo cada vez maior. A lúgubre cozinheira, Srta. Romero, agora também fazia parte do grupo do culto macabro. Naquela altura, comecei a dar razão a Lake e me arrependi de não ter partido junto com ele quando tive a chance.

Me dediquei a um trabalho de perfuração do solo, acompanhado de Danfort e dos dois homens de Mayer. Havia uma camada de rocha macia, logo abaixo da poeira morta, que parecia ter propriedades até então nunca vistas. Mas confesso que era muito difícil se concentrar no trabalho com aqueles gritos profanos ecoando ao fundo.

O horror maior começou com a loucura dos dois jovens estudantes. Os sintomas em Danfort iniciaram com uma estranha tremedeira nas mãos do rapaz. Percebi que ele não estava bem e recomendei que descansasse um pouco. Mais tarde, quando fui acordá-lo para o almoço, o pobre garoto ardia em febre. Busquei ajuda e informaram que Moore também se encontrava no mesmo estado febril. Logo, ambos estavam delirando e, à noite, num intervalo de menos de cinco minutos entre um episódio e o outro, despertaram num salto de energia falando coisas sem sentidos e quebrando tudo ao redor. Ao tentar conter Danfort, fui agredido com socos e pontapés. Gritei desesperado por socorro, pois o garoto me batia com uma cólera desmedida, e fui ajudado por Meyer e seus homens que amarraram o enfurecido Danfort no tronco de uma árvore amarelada. A mesma coisa ocorreu logo em seguida com Moore.

Ficaram os dois amarrados, um de frente para o outro. Ao longo do dia, falavam entre si na "linguagem dos antigos", conforme comentário de Wilcox. Mas a noite era traumática pois, o modo como soltavam gritos obscenos um para o outro era terrível, a língua horrorosa que falavam não parecia ser desta Terra.

Em ocasiões que falavam nossa língua, eles berravam coisas desconexas como "os proto-Shoggoths", "O poço negro", "Yog-Sothoth", "O pai do milhão de eleitos", "Os sólidos de cinco dimensões sem janelas", "Os quinhentos uivando","Nyarlahotep, o poderoso mensageiro" são as frases que lembro mais. Os pobres doentes mentais se apegavam a uma ou outra dessas expressões e as repetiam aos gritos dezenas de vezes ao longo de uma mesma noite.

Uma mistura de horror e euforia contaminavam o professor Wilcox, sua esposa Agnes e a ambiciosa estudante Margareth Blake. Faziam anotações e consultavam livros a cada discurso enigmático proferido pelos alienados mentais. Wilcox nitidamente se sentia penalizado por Danfort e Moore, mas as mulheres agiam com uma frieza que beirava a casos reconhecidos de psicopatia.

Eu mesmo era familiarizado com alguns termos blasfemos proferidos ali, como professor da Miskatonic me aventurei a algumas leituras monstruosas (que me arrependi profundamente de ter lido) como a edição latina do abominável *Necronomicon*, do louco árabe Abdul Alhazred e o infame *Unassprechlichem Kulten* de Von Juntz, então, sabia o quanto aquilo tudo não era amistoso à raça humana.

Eles eram alimentados pela sinistra cozinheira Sabine Romero que, de modo estranho, se aproximava dos dois loucos e falava com eles aos sussurros em um estranho idioma. Então os jovens ficavam calmos e comiam e bebiam em silêncio, estabelecendo um clima de tranqüilidade momentânea nos nervos dos demais presentes no acampamento. Porém, depois que a funesta mulher terminava de dar a comida na boca de cada um deles, voltavam a se comportar como animais selvagens.

Nessa altura, a Sra. Wilcox já tinha assumido o comando de fato da expedição, tendo na Srta. Blake, que desprezava a tudo e a todos com seus modos esnobes, seu braço direito. O Sr. Wilcox, de forma penalizante, apenas seguia as instruções das duas mulheres. Os cultos estavam encerrados, agora a chave do estudo estava na análise das falas dos insanos jovens possessos.

Certa dia, cedo pela manhã, fui acordado de sonhos inquietantes por Meyer, que invadiu minha barraca em tom de emergência. As três mulheres do nosso grupo haviam desaparecido.

Meyer fazia a vigília da madrugada quando percebeu três vultos vestindo branco que caminhavam pela paisagem roxo-fosforescente. Tratavam-se de Agnes Wilcox, Margareth Blake e Sabine Romero.

As três mulheres andavam lado a lado feito sonâmbulas vestindo suas roupas de dormir. Meyer ainda gritou pelo nome da senhora Wilcox — e teve seu berro arremedado pelos dois inutilizados mentais amarrados às arvores secas —, mas foi solenemente ignorado pelas mulheres, que, num transe diabólico, seguiram andando incontinentes sobre aquele assustador piso púrpuro radioativo e sumiram em direção ao núcleo obscuro daquele buraco maldito.

Pela manhã, um dos peões de Mayer desceu a montanha em busca de ajuda, levando uma carta escrita por Wilcox, explicando a gravidade da situação, para ser entregue às autoridades.

No dia seguinte, uma força tarefa de policiais e cães farejadores chegou à boca da cratera e iniciaram-se as buscas.

Wilcox insistia aos policiais que procurassem pelas mulheres no áspero núcleo imaculado da cratera. Os cães se recusavam a se aproximar do local, mesmo chicoteados e arrastados por uma corda presa no pescoço, se negavam a farejar e fugiam apavorados na primeira oportunidade. Alguns homens tentaram em vão abrir caminho com seus facões, açoitando os galhos que pareciam ossos retorcidos de criaturas ciclópicas, mas o resultado mostrou-se inútil. E esses homens, já suados, exaustos e nervosos, ficaram gratos do fundo de seus corações quando seu superior mandou interromper aquele serviço improdutivo e incômodo e os designou a rastrear a encosta da Montanha Escura. Foi um alívio, pois o comentário sussurrado, que ouvi de passagem, dizia que a cada golpe de facão desferido, algo horrendo e perturbador respondia secretamente àqueles homens.

Além do fato de terem sido vistas naquela direção, nada indicava que aquelas mulheres estivessem ali, pois tratava-se de um inexpugnável labirinto infernal de galhos retorcidos do tamanho de um campo de beisebol. Mas Wilcox tinha certeza que sua esposa se encontrava lá.

Dois dias infrutíferos e, para alívio de todos os policiais, as buscas foram encerradas. O clima de terror atingira o pico naquelas duas noites infames, nas quais os cães não pararam de latir assustados um minuto sequer. Dois policiais começaram a apresentar a repentina febre e o tremor nas mãos, sintomas que antecediam a brutal loucura. O oficial responsável, como que apanhado de algum horror súbito, saiu de sua barraca desorientado e decidiu encerrar a operação e voltar imediatamente para *Townshend.* Inconformado, Wilcox resolveu permanecer acampado na boca cinzenta da cratera maldita. O fiel Meyer permaneceu junto com o professor.

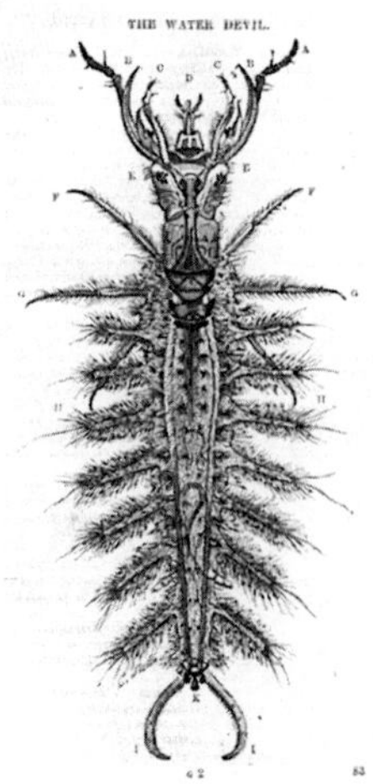

V.

Quando retornei do *Vermont*, tive a notícia de que o professor Lake havia partido de *Arkham* sem maiores explicações. Ninguém sabia para onde ele tinha ido, saíra na calada da noite com sua esposa e filhos deixando apenas um número de uma obscura caixa postal. Talvez, Michel Ford, o chefe do Departamento de Psiquiatria da Myskatonic, tivesse alguma pista sobre suas razões e seu paradeiro, pois fizera uma avaliação psicológica de Lake quando ele voltou do *Vermont*, mas a ética profissional o impedia de tecer qualquer comentário a respeito.

Meu depoimento sobre o ocorrido naquele terrível mês de maio de 1933, na hedionda cratera localizada entre as tenebrosas Montanhas Negras no *Vermont* é de conhecimento da polícia local e da comissão extraordinária da Universidade de Miskatonic, formada especialmente para a avaliação da desastrosa expedição que resultou na perda da sanidade de dois bons alunos, além do misterioso, e não menos trágico, desaparecimento de uma aluna e uma professora.

Quanto a Danfort e Moore, os dois alunos acometidos pelo tumulto mental, ambos foram levados para o asilo em *Arkham* e encarcerados em celas com paredes acolchoadas e a prova de som.

As amostras do solo coletadas mostraram resultados surpreendentes. Aquela poeira estéril continha minérios absolutamente desconhecidos, com propriedades fora de parâmetros terrenos, além do quê, emanava dela um pequeno nível de radiação de origem desconhecida, o que provavelmente era o que fazia a luminescência púrpura aparecer assim que as luzes se apagavam. Após a loucura recente de Danfort, o clima no departamento de geologia ficou carregado, assim, reações de empolgação com as descobertas estavam suspensas. Da minha parte apenas fingia um interesse compatível com minha posição, na verdade, queria distância daquelas amostras de solo, para mim, estavam amaldiçoadas como todo o resto.

Após minha apresentação à comissão, houve uma orientação direta da reitoria da Universidade para que eu, como membro da expedição e professor titular da Myskatonic, consultasse com o doutor Ford, que me submeteria a uma avaliação psicológica, assim como sucedeu-se com Lake.

No primeiro dia de tratamento, me sujeitei a alguns testes cognitivos e respondi a uma bateria de questionários com o mais variado teor de perguntas. A partir do segundo dia, Ford iniciou o processo de terapia propriamente dita, na qual eu tinha a liberdade e o dever de falar a ele tudo que me viesse à cabeça. Como Ford era um membro da comissão extraordinária de avaliação da expedição, meus relatos repetitivos sobre o ocorrido não o atraíam, ele estava mais interessado no meu inconsciente.

Foi então que relatei uma coisa que vinha me causando alta perturbação já fazia alguns dias: o sonho com a coruja.

Desde que voltei à *Massachusetts*, vinha tendo sempre o mesmo sonho assombroso. Sonhava com uma coruja. No sonho, a coruja ficava do lado de fora da minha casa, dependurada na cerca, me observando dormir. E quando o silêncio da noite principiava a embalar o sono, a coruja começava a falar comigo, naquele arremedo de voz humana que saia por trás dos zumbidos no execrado acampamento na encosta da Montanha Escura. E, através daquele simulacro horroroso de voz, a coruja dizia que eles iriam me levar.

Ao final do meu relato, Ford ficou inquieto na cadeira e, por mais que o profissionalismo exigisse, não conseguiu disfarçar seu terror. Indaguei a ele o porquê de todo aquele espanto. Após certa relutância, revelou, com pavor na voz, que Lake vinha tendo exatamente o mesmo sonho recorrente que eu. Ford nunca havia visto nada parecido, mesmo as descobertas de Jung sobre o inconsciente coletivo não conseguiam explicar, desconhecia qualquer pesquisa no campo da psicologia que pudesse ter ido tão longe.

De imediato me lembrei da pergunta que Lake me fizera na encosta da Montanha Escura, se eu não havia visto uma coruja por lá.

VI

Naquela manhã quente de junho, despertei com o toque do telefone ecoando pela sala. A ligação era da Universidade e me informavam que a senhora Wilcox havia sido encontrada na região maldita ao pé da Montanha Escura. O casal estava sendo aguardado a noite em *Arkham*.

O estranho é que a boa notícia do reaparecimento de minha colega me causara um indefinido tormento, sem saber porque razão, me vi tomado de um pavor incompreensível. Havia uma recepção preparada para o casal na Universidade, mas não compareci, alegando uma indisposição, o que não deixava de ser verdadeiro.

Evitei Wilcox e, em especial, sua esposa Agnes — a simples lembrança da sua figura já despertava em mim uma perturbação inexplicável. Certo dia, porém, inevitavelmente cruzei com a Sra. Wilcox no Campus da Miskatonic. Íamos em direções opostas e guardávamos uma distância de pelo menos 45 pés. Ela vinha cercada por algumas alunas, no entanto, não deixou de prestar atenção em mim.

"Bom dia, Green", disse numa voz suave, os olhos fixados em mim.

E aquele olhar me causou um arrepio na espinha, alguma coisa ali não me pareceu familiar com nosso mundo. Era como se houvesse um outro olhar por detrás daquele, algo perigoso e aterrador.

Aquela noite fui assediado por sonhos horripilantes que, como de costume, iniciavam com a sinistra coruja pendurada na cerca do jardim em frente a minha casa, me chamando naquele zumbir satânico. Logo me vi transportado para um mundo que não parecia real, mas me tinha algo de familiar, uma espécie de prisão labiríntica emparedada por galhos retorcidos afiados. Enquanto me movia, oprimido entre as galhadas, comecei a escutar vozes conversando. Duas vozes eram inequivocamente os zumbidos blasfemos que aquelas criaturas usavam para se comunicar com os humanos, mas uma terceira voz era humana e feminina, e parecia familiar. Não conseguia entender o que falavam, pois sussurravam entre si. Foi então que me dei conta que estava dentro do núcleo da abominável cratera. Me aproximei rastejando entre os galhos de pontas afiadas e então vi duas monstruosas criaturas: humanóides de corpo, porém, com três pares de patas de insetos no lugar onde seriam as pernas, na cabeça, no local onde deveria estar um rosto, havia dezenas de tentáculos gosmentos que se moviam feito serpentes presas numa cesta, cada qual com um olho vermelho na ponta. As criaturas gosmosas zumbiam um abjeto simulacro de voz humana, que sabe-se lá de onde saia daquele corpo monstruoso, pois "conversavam" com uma mulher aparentemente humana que ficava fora do meu campo de visão. Esta mulher tinha o suave sotaque bostoniano da Sra. Wilcox, e ela falava num inequívoco tom de autoridade com as criaturas que respondiam com patéticos zumbidos de subordinação.

Despertei aliviado por se tratar de um sonho, mas uma estranha sensação de realidade me acompanhou durante o dia todo.

Agnes Wilcox havia sido acometida de uma problemática amnésia seletiva que apagara de sua mente toda memória desde a noite que se deitou na barraca para dormir, até o momento que foi encontrada por seu marido junto ao núcleo espinhoso da aterradora cratera. E era só o que se sabia a respeito do desaparecimento da Sra. Wilcox. Quanto ao paradeiro das outras duas mulheres, Margareth Blake e Sabina Romero, a Sra. Wilcox nada tinha para informar. E foram mais ou menos essas informações que tive acesso, porém, a Sra. Wilcox se envolveu em uma história mórbida o bastante para aumentar o clima de medo que já me envolvia.

Ao que parece, Agnes Wilcox foi ao asilo em Arkham para fazer uma visita aos dois jovens, Danfort e Moore, internados em estado de total desconexão mental. Foi com surpresa e visível irritação que a Sra.

Wilcox descobriu que Danfort não era mais paciente daquele asilo, havia sido levado pelos pais para *Boston*. Então ela desceu até o porão para ver Moore e, depois de meia hora de visita, o jovem havia recuperado sua razão, voltando de um abismo insondável.

Segundo o enfermeiro responsável, "conversaram numa língua que nem parecia humana", e depois, como por milagre, o rapaz estava curado.

Naquela mesma noite foi transferido para local de segurança mínima e, surpreendentemente, o homem que aparentava já estar são, se matou enforcado com o próprio lençol.

VII

Eu só pude ter uma ideia do panorama de verdadeiro horror em que eu estava envolvido, quando certa manhã Wilcox bateu na campainha da minha casa. Seu rosto estava desfigurado por uma combinação de emoções estranhas onde medo e regozijo pareciam dividir o controle.

Abstive-me de questioná-lo, esperando que se sentisse a vontade para dizer o que queria.

Depois de alguns rodeios a respeito de assuntos banais, Wilcox entrou no ponto.

"Após nossa recente expedição àquela cratera maligna, a ameaça que estava dissimulada no núcleo daquele círculo infernal ficou prenhe...", falava com uma excitação febril. "... e pariu uma criatura capaz de começar o que vai ser uma era de horror cósmico espalhada pelo planeta".

Segundo a explicação de Wilcox, ao que parece, tais criaturas, apesar de já habitarem nosso mundo há pelo menos quarenta anos, desconheciam as mulheres, pois até então só homens haviam circulado por aquelas montanhas inóspitas no perímetro de extensão do núcleo da cratera. Ao alcance do pavoroso braço de controle mental que as hediondas criaturas exerciam.

Havia um tipo de conexão física, até então experimentada apenas em humanos do sexo masculino, que levava as cobaias à loucura e ao desespero. Por algum motivo obscuro, a mulher acabou servindo de hospedeiro perfeito para as malignas criaturas. Wilcox acreditava que havia uma conexão mental com as criaturas, uma coisa mais ancestral, da qual os homens não tinham conhecimento.

Agnes era descendente das velhas bruxas queimadas em *Arkham*, na época em que o demônio era levado a sério. Seu sobrenome de solteira era Mason, ou seja, ela descendia diretamente da temida bruxa Keziah Mason, que fugiu da cadeia de *Salem* em 1692 e desapareceu misteriosamente. "Havia relações da bruxaria com 'os Antigos', algumas velhas bruxas poderosas dominavam um conhecimento que não era deste planeta. E então, Agnes..."

Subitamente, um acesso de pânico, indefinido e corrosivo, tomou conta de Wilcox e ele desabou em prantos.

Então, após se recompor, Wilcox admitiu que, desde o princípio, toda expedição fazia parte de um plano maldoso. Através de informações de círculos nada ortodoxos, o casal Wilcox obteve acesso prévio a notícias da existência de tais criaturas em tal cratera. Não por acaso o chefe do departamento de Folclore da Universidade encabeçou a expedição, e menos por acaso ainda, que sua esposa coordenasse o departamento de Astrofísica. Na realidade, confessou envergonhado que o plano todo havia sido arquitetado pela Sra. Wilcox, fora ela quem tivera acesso a infame fotografia aérea do local em primeira mão. Desde muito tempo, o casal participava de seitas proibidas que invocavam coisas de abismos remotos das trevas, inclusive a repudiada e mítica seita da Sabedoria Estrelar, da qual Agnes era membro do pavoroso conselho secreto.

Havia assembléias horrendas em locais ermos de ruínas colossais no coração da floresta do *Maine*, debaixo das quais extensas escadarias levavam para abismos de segredos sepulcrais, de caminhos que conduziam, através de paredes invisíveis, para outras regiões do espaço e do tempo e diferentes contínuos espaço-tempo.

Existia em Agnes uma obstinação febril pela magia negra e o ocultismo.

"Há horrores além das fronteiras da vida e do universo de que não suspeitamos e, graças a ajuda da malignidade humana, ficamos ao alcance de tais criaturas", prosseguiu um delirante professor Wilcox.

"Quando as mulheres sumiram, o plano foi por água abaixo, e depois que Agnes retornou daquele abismo antinatural, a coisa saiu completamente do controle".

Agora Wilcox finalmente percebera que vinha sendo usado pela esposa, que o tempo todo, na verdade, desde que se aproximou dele pela primeira vez, agia movida por um objetivo maior, ligado a forças ocultas.

"Estamos diante de um malefício mais antigo do que a humanidade e maior do que o universo conhecido", disse Wilcox, desvairado. "É verdade, Green, infelizmente é verdade que existem criaturas não humanas que vivem entre nós".

O pobre homem tinha medo, horror de sua inseparável esposa, da coisa que ela havia se tornado, apenas metade humana. Sua expressão era um misto de pavor e súplica, Charles Wilcox temia pela própria vida.

Isso, refleti, era caso para asilo. Mas não seria eu quem ia mandá-lo para lá.

A visita de Wilcox na verdade me deixara desnorteado e não dormi a noite pensando em todo o horror. A tensão no meu cérebro começou a ficar insuportável e pus-me a elaborar toda sorte de teorias delirantes. Foi quando conclui que devíamos ir à polícia. Talvez não houvesse nenhuma prova material para apresentar, mas o depoimento de Wilcox me parecia o suficiente para a polícia se envolver no caso. Aquela manhã, fui mais cedo para a Universidade e esperei por Wilcox, porém, ele não apareceu. Mais tarde, liguei para sua casa, mas não obtive resposta, o telefone indicava algum problema. Então decidi que o melhor a fazer era ir até lá e lhe contar tudo pessoalmente.

O casal Wilcox morava na beira do rio Miskatonic, no lado norte. Era uma caminhada de duas milhas até lá. Subi a *Garrison St.* e alcancei a ponte sobre o Miskatonic. Olhei rio acima e vi a misteriosa ilha desabitada, cujo perfil simétrico formado por pedras eretas ancestrais se destacava na noite clara. Mas levei um susto, pois vi uma figura viva perambulando pela ilha desolada. Fui tomado por uma vaga sensação de pavor. Me agarrando no corrimão de ferro atravessei a ponte evitando ao máximo virar o rosto na direção daquele pedaço de terra excomungado. Dobrei a direita na *Water St.* e então me dei conta que a residência dos Wilcox dava de frente para a mal afamada ilha.

Ao me aproximar da casa dos Wilcox uma estranha movimentação me chamou a atenção, e um instinto de sobrevivência fez com que me escondesse sorrateiro detrás de um arbusto e observasse tudo de lá.

O portão de grade de ferro da casa estava escancarado com Agnes Wilcox parada em frente à casa. Ela se dirigia a Mayer, que a olhava cabisbaixo e, talvez, assustado. Seu tom era severo, dava ordens, mas falava em um idioma desconhecido, ao menos para mim. Busquei me aproximar em silêncio para ver se conseguia escutar alguma coisa e, chegando a uma distância próxima, mas ao mesmo tempo segura — caso eu precisasse fugir correndo dali — consegui escutar cada palavra proferida pela senhora Wilcox, e nenhuma dessas palavras era de algum idioma que eu jamais tenha ouvido falar.

Então, o medo, que intuitivamente me deixava oculto, se mostrou concreto quando duas mulheres surgiram das trevas por detrás do portão da casa dos Wilcox. Eram elas a atrevida Margareth Blake e a sinistra Sabina Romero, oficialmente dadas como desaparecidas. Diante da presença das outras duas mulheres, Meyer sumiu apressado. E restaram apenas as três diante da casa, vestidas de branco, olhando desconfiadas para todos os lados e farejando o ar feito lobas famintas.

Tentei escapulir em silêncio, mas o ruído mínimo da minha respiração assustada me denunciou, e as mulheres, ou sabe-se lá o que eram, me viram. Corri como o diabo, atravessei a ponte *Garrison* tomado de pânico e fugi precipitadamente pelo labiríntico abrigo de vielas do cais.

Quò tendis?

VIII

A notícia do outro dia foi bombástica e aumentou meu pavor: Charles Wilcox foi encontrado morto na sua casa. Maiores detalhes da circunstância da morte não foram revelados, mas parece que o professor sofrera uma súbita parada cardíaca.

Minha primeira reação foi telefonar para a polícia, mas, no instante que um policial atendeu do outro lado da linha, desliguei inquieto o telefone. O que eu diria a polícia? Sem o depoimento de Wilcox minha palavra valia pouca coisa. Quem sabe se eu denunciasse a presença suspeita das duas mulheres desaparecidas na residência dos Wilcox? Mas nada garantia que elas estivessem por lá ainda. Em resumo: eu não tinha nada.

O funeral de Charles Wilcox foi, para mim, mais uma experiência de terror. Procurei chegar em cima da hora do enterro, para passar o mais despercebido possível. Estava com muito medo do encontro com a Sra. Wilcox.

Corpo docente e alunos da Miskatonic marcavam presença prestando uma última homenagem ao professor. A fiel esposa permanecia o tempo todo ao lado do caixão do falecido recebendo as condolências, mas sem derramar uma única lágrima — o que para mim estava dentro do esperado.

Preferi não me aproximar daquele caixão sob nenhuma hipótese. Acompanhava tudo a distância e, na realidade, só me fazia presente para prestar satisfação a meus colegas e superiores. Encontrei o Dr. Ford e trocamos rápidas palavras. Foi um momento de distração que se mostrou um erro. De súbito, senti uma mão fria e firme segurando meu braço. Era Agnes Wilcox, me olhando com uma olhar febril e ameaçador.

"Você é um tolo, Green. Corpo, identidade, não significam nada. A raça humana não significa nada", disse entredentes junto ao meu ouvido.

E a mão apertava meu braço com uma força que não parecia natural. Estava prestes a soltar um grito de horror quando a mulher (ou quem sabe criatura?), largou meu braço e se afastou, voltando em direção ao caixão de seu falecido esposo.

Aquela noite tentei não dormir, pois temia o que iria sonhar. Andava de um lado para o outro na sala da minha casa, espiando na janela, com medo de avistar alguma coruja por ali. Exaurido, sentava na poltrona e então minha vigília se misturava com sonhos intermitentes.

Esses sonhos não eram saudáveis, mas horrivelmente parecidos com os que eu tivera outra noite. Me encontrava, mais uma vez, no coração do núcleo da cratera. Podia escutar as criaturas zumbindo e se comunicando entre si. Junto, escutava uma voz humana que falava em um lamento: "Ia! Shub-Niggurath. O bode da floresta de mil filhotes. Ia! Shub-Niggurath". Me aproximei da figura encolhida que recitava tais palavras assustadoras e então percebi que tratava-se do falecido Charles Wilcox. Ao perceber minha presença o assombrado homem se voltou: nos lugares de seus olhos haviam dois tentáculos.

Despertei suado e tomado por um horror extremo. Me ver sentado na poltrona na sala da minha casa mostrou-se ser um alívio sem igual. Uma penumbra vinda da janela, dos luminosos dos restaurantes da *Pickman St.*, iluminava fracamente a minha esquerda, mas a minha frente, na parte mais longa da sala, a escuridão era total.

Foi então que notei que não estava sozinho. Percebi as respirações vindo do fundo da sala e um certo murmúrio, uma bulha. Forcei a vista em direção à escuridão e vi dois olhos sinistros de coruja que me encaravam brilhando em meio ao breu. Uma paralisia me possuiu quando, do fundo da treva, os três vultos começaram a se aproximar lentamente, surgindo aos poucos, feito assombrações, na fraca luz que vinha da janela. Quando os vultos tomaram forma percebi que tratavam-se da diabólica Agnes Wilcox, a megera Margareth Blake e a horrenda Sabina Romero, e, de algum lugar obscuro, elas falavam comigo:

"Você não pode fugir, Green, venha conosco!"

Como eu sai da minha casa não sei, os indícios indicam que me joguei pela janela, mas eu não me lembro.

Fui encontrado descalço, com cortes superficiais pelo corpo e totalmente desorientado andando pela *Massachusetts Highway*. Recolhido ao hospital, o Dr. Ford foi chamado, me examinou e não viu nada de errado comigo, a não ser um alto nível de estresse mental, fruto de recente experiência traumática, diagnosticou. Ford me receitou um calmante e me deu uma carona de carro até minha casa na *Pickman St.*

O dia já estava claro e, mesmo assim, pedi para que Ford me acompanhasse. Examinei cada ambiente da casa a procura de algum indício de qualquer daquelas criaturas, sempre acompanhado por Ford, que me observava com a especial atenção do médico acostumado com pacientes alterados mentalmente. Por mais que meus sintomas sugerissem loucura, Ford já tinha visto e ouvido o bastante envolvendo este caso, pois entrevistara todos os professores envolvidos, assim, se via obrigado a considerar outras hipóteses nada ortodoxas.

Ao perceber que não havia ninguém, nem nada por ali, fiquei mais calmo e Ford partiu, não sem antes sentir um certo assombro ao analisar a janela da sala despedaçada. No momento que ele deu a partida com o carro, subi até meu quatro e fiz 34as malas. Não havia mais nada a ser feito. Tudo, desde o princípio havia sido um erro. Melhor seria que a cratera fosse deixada à modificação dos anos, em meio aquelas montanhas inóspitas e abandonadas, e não mexer em coisas que deveriam descansar para sempre em suas horrendas profundezas.

Vou sumir o mais longe que posso desse horror sem fim. Me mudei para *Nova York* e pretendo, o mais breve possível, morar na costa oeste. Conservar-me distante de tais influências e de tais emissários é tudo que desejo da vida no futuro.

Sugerir a polícia ou qualquer pessoa sem imaginação um horror dessa dimensão, seria apenas um convite para uma cela acolchoada em vez de um repouso em uma ensolarada praia.

Fui até a estação com a intenção obstinada de pegar o primeiro trem para o sul. Eram exatamente 7:15 da manhã. Eu havia perdido o expresso para *Nova York* que partira as 7:00. O próximo trem para *Hartford* sairia as 9:50. De lá poderia pegar um **para** *Nova York* no começo da tarde. Comprei o bilhete, arrastei minhas malas até um banco mais isolado e aguardei.

E foi com um alívio fora do comum que ajeitei minha bagagem no compartimento no meu vagão quando o trem chegou, e mais abençoado ainda quando o trem partiu e deixou para trás a decadente e mal afamada *Arkham*, pois meus nervos já não suportavam mais encarar aquela coruja pendurada na cerca do outro lado dos trilhos enquanto eu esperava o trem das 9:50 para *Hartford*. E todo longo intervalo de silêncio na estação entre uma partida e uma chegada, eu escutava aquele infame zunido semelhante ao das abelhas que imitava a voz humana e que eu sabia não era saudável escutar.

“Venha conosco, Green”, aquilo dizia.

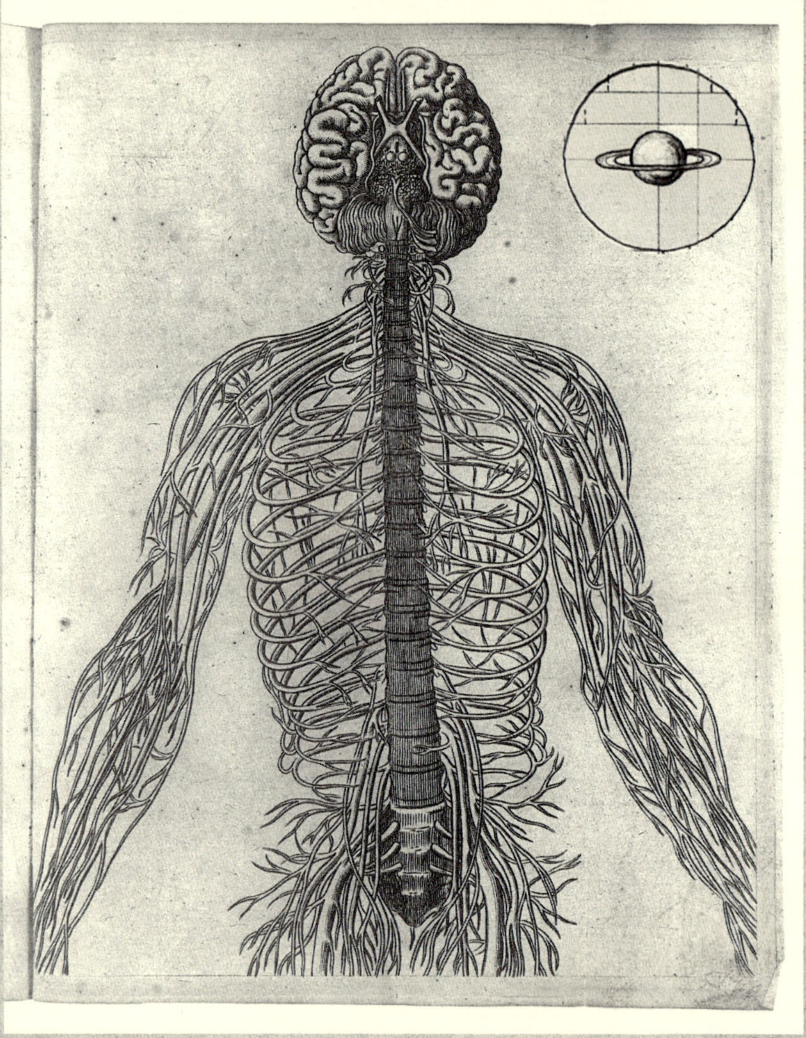

AVEC
EDITORA